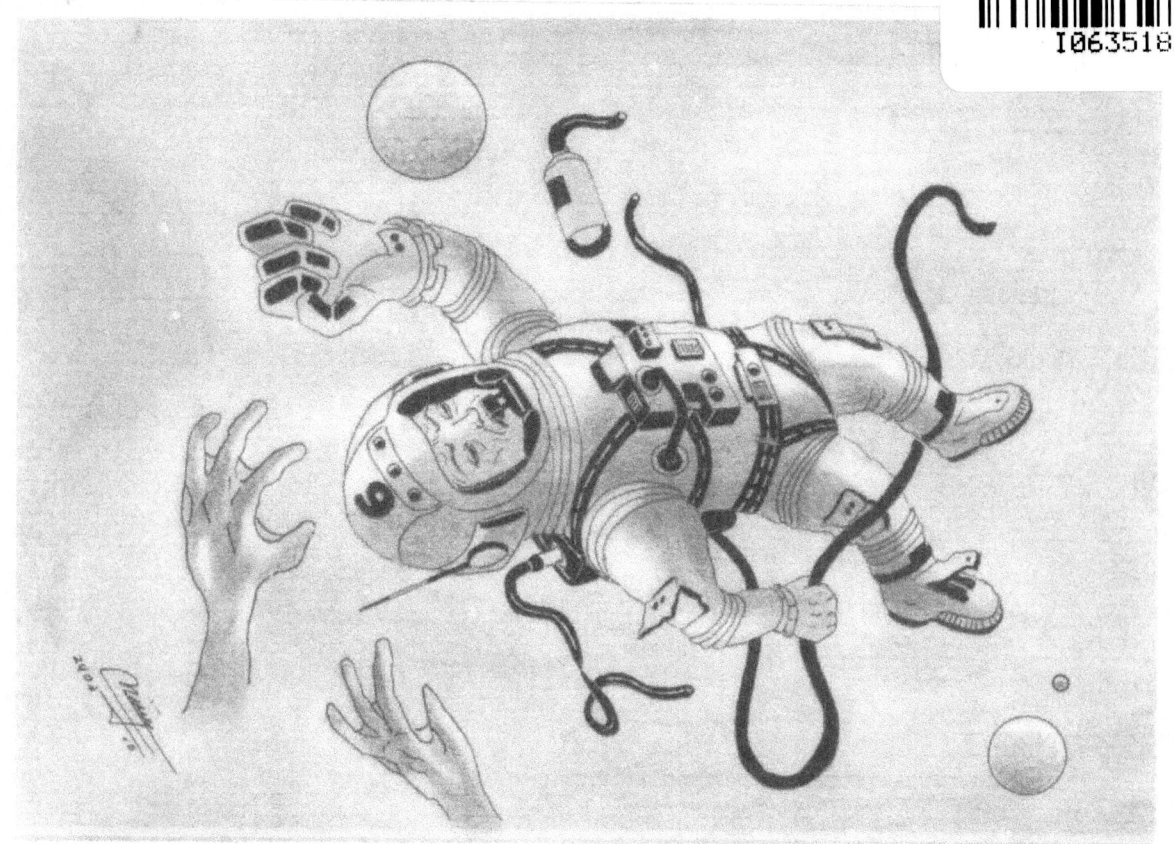

NO HAY PLAZO QUE NO SE CUMPLA

APUNTES DE ANTICIPACIÓN

Cap. 1o. P.A. Daniel Núñez Treviño

NO HAY PLAZO QUE NO SE CUMPLA.......

Y como se dijera hace no mucho tiempo.........

No hay fecha que no se llegue......ni plazo que no se cumpla.

A propósito de lo cuál éste cuaderno de apuntes y dibujos, ha sido elaborado siguiendo la idea de que no estamos muy lejos, de ver algunos detalles que aquí se presentan en forma simple, y que por lo mismo, pudieran parecer fuera de contexto y hasta un tanto disparatados. Sin embargo, dado que la ciencia y la tecnología avanzan a la par con gran rapidez, y que por lo mismo, tan pronto se llega a un conocimiento, ya se está alcanzando otro igual en importancia ó todavía superior, no sería raro que dentro de poco tiempo estuviéramos viendo una realidad que en éste momento, pudiera parecer irrealizable.

Como lo fué cuando se decía que el vuelo era prohibitivo para el hombre, y que sin embargo, sólo se necesitaron 66 años para que el hombre pisara la superficie de la luna, en aquel histórico momento del 20 de Julio de 1969 en el que todos los que tuvimos la suerte de estar presentes, vimos por televisión a Neil Armstrong astronauta norteamericano, posar su pié izquierdo en el polvo lunar, mientras que, con una voz que pretendía serenar dijo solemnemente:
"Este es un pequeño paso para el hombre........pero un paso gigantesco para la humanidad"
Los dibujos que presento representan personajes, equipos, vehículos, y naves del espacio al estilo antiguo, cuando se disparaban las ideas diseñadas por las fértiles mentes de los grandes escritores de ciencia ficción, que recorrieron no solamente el sistema planetario solar, sino el universo completo... mucho antes que cualquier astronauta, usando para lograrlo solamente su imaginación.

Si los textos adjuntos merecen la atención del lector, me sentiré tan complacido como agradecido.

YO....ROBOTINA.

Solo por haber fallado....

Al calcular la masa total del Universo.

La fuerza gravitacional en el interior de un agujero negro.

El tiempo de formación de una estrella en la nebulosa de Orión.
La velocidad de la luz invisible.

La cantidad de neutrinos por segundo que lanza un Quasar.
La energía desprendida en la explosión de una gigante roja.

El número de detritos que forman los anillos de Saturno.

El pensamiento y razonamiento del ser humano.

Me han desactivado....no puedo hablar....no puedo moverme...
pero puedo pensar.....y por eso me doy cuenta...

.....voy a la desintegración.

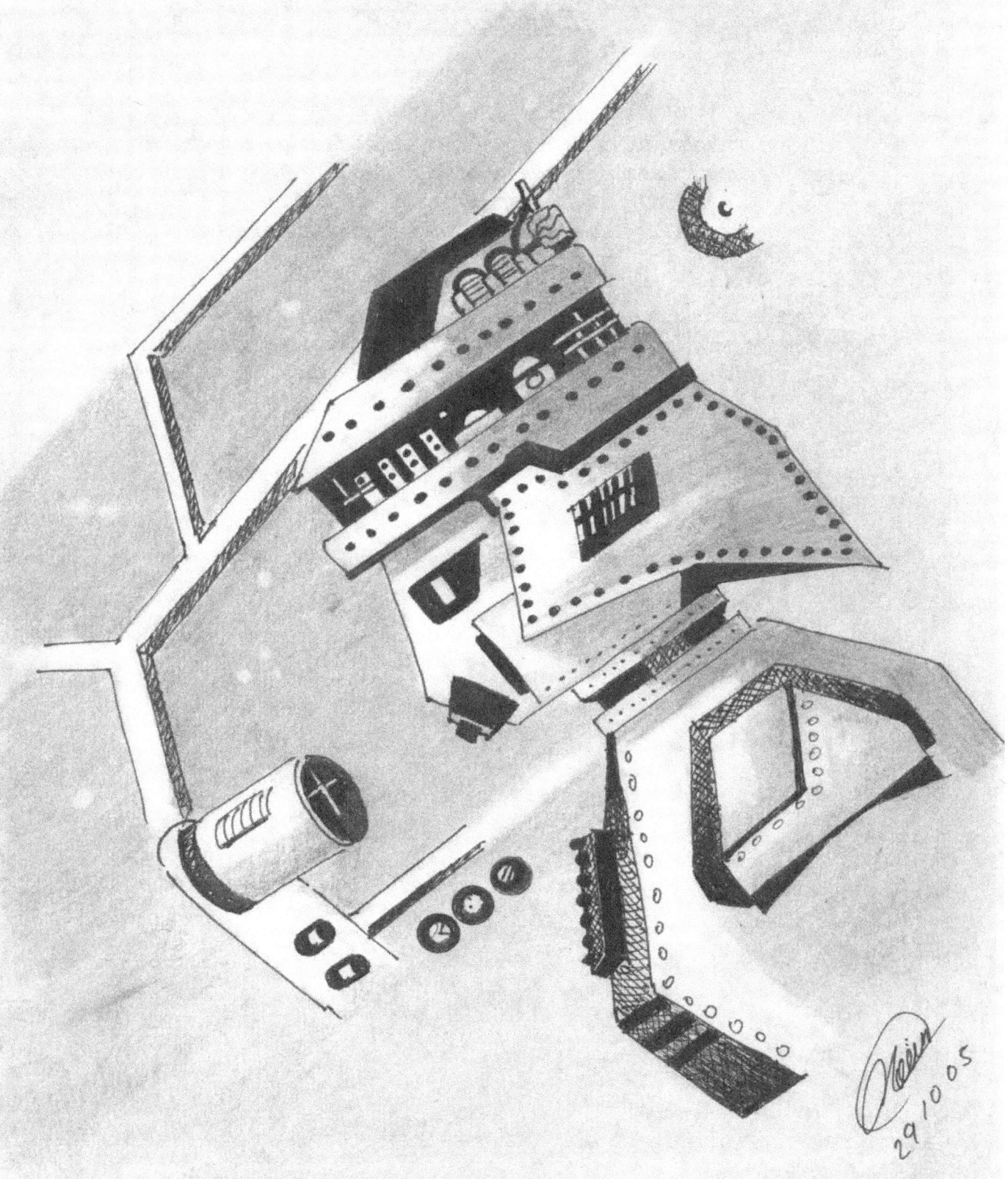

IRREMEDIABLE

*Al no haber lugar para sepelios a bordo de la nave nodriza,
una joven madre se despide de su bebé, recién fallecido por deficiencias
circulatorias, respiratorias y metabólicas,
por haber sido gestado y nacido bajo condiciones de
no gravedad .*

*Cumpliendo con la ordenanza establecida lo lanza al espacio, en donde
su cuerpo habrá de conservarse incólume permanentemente, hasta que
la fuerza de gravedad de algún cuerpo cósmico mayor lo convierta en
una estrella fugaz.*

INDAGADOR

Registro de voz para formalizar el informe requerido.

Estoy en la superficie de Juno, el mayor asteroide del cinturón que divide los planetas interiores que son sólidos, de los planetas exteriores que son gaseosos.

La investigación inicial indica que éste cuerpo cósmico es más un planetoide, que un asteroide. Ha recibido infinidad de impactos meteoríticos por lo cual, presenta gran diversidad en los materiales y minerales que lo forman.

Aparentemente, la explotación minera ofrece grandes posibilidades, pero la masa y el volumen de Ceres, el asteroide mayor muy próximo y por lo mismo su gran fuerza de atracción, representa un riesgo para cualquier instalación.

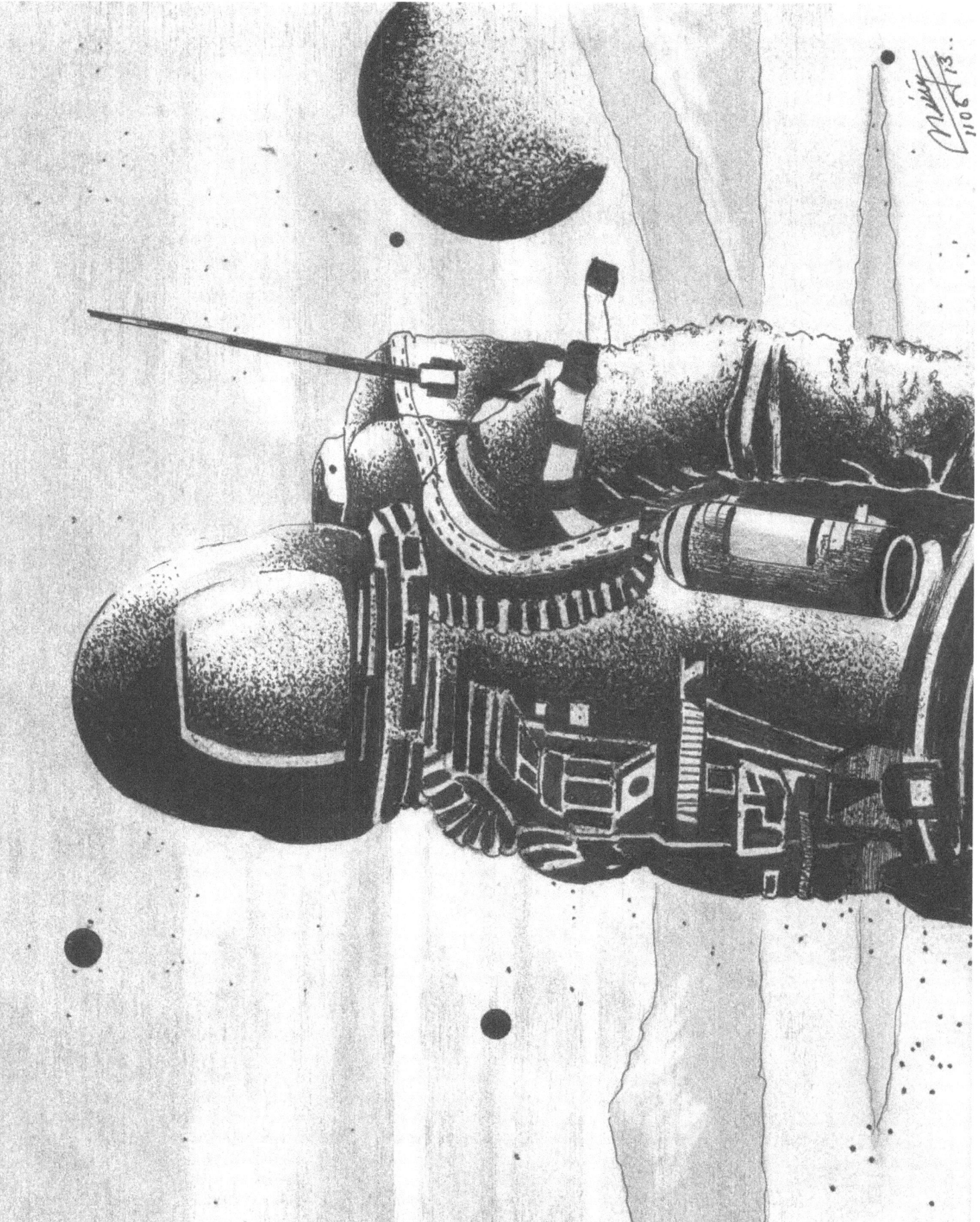

NAUFRAGIO

Quisiera poder explicar lo que sucedió.......

Informar al mundo científico........al tecnológico.......

A las familias.......a mi familia.......

A mi hijo que se encuentra en misión a Júpiter......

Pero.....no puedo.....porque ni yo sé que sucedió....

Porque está oscuro......y callado.....

Porque......no quedó nada......

Porque.....ya no estoy....

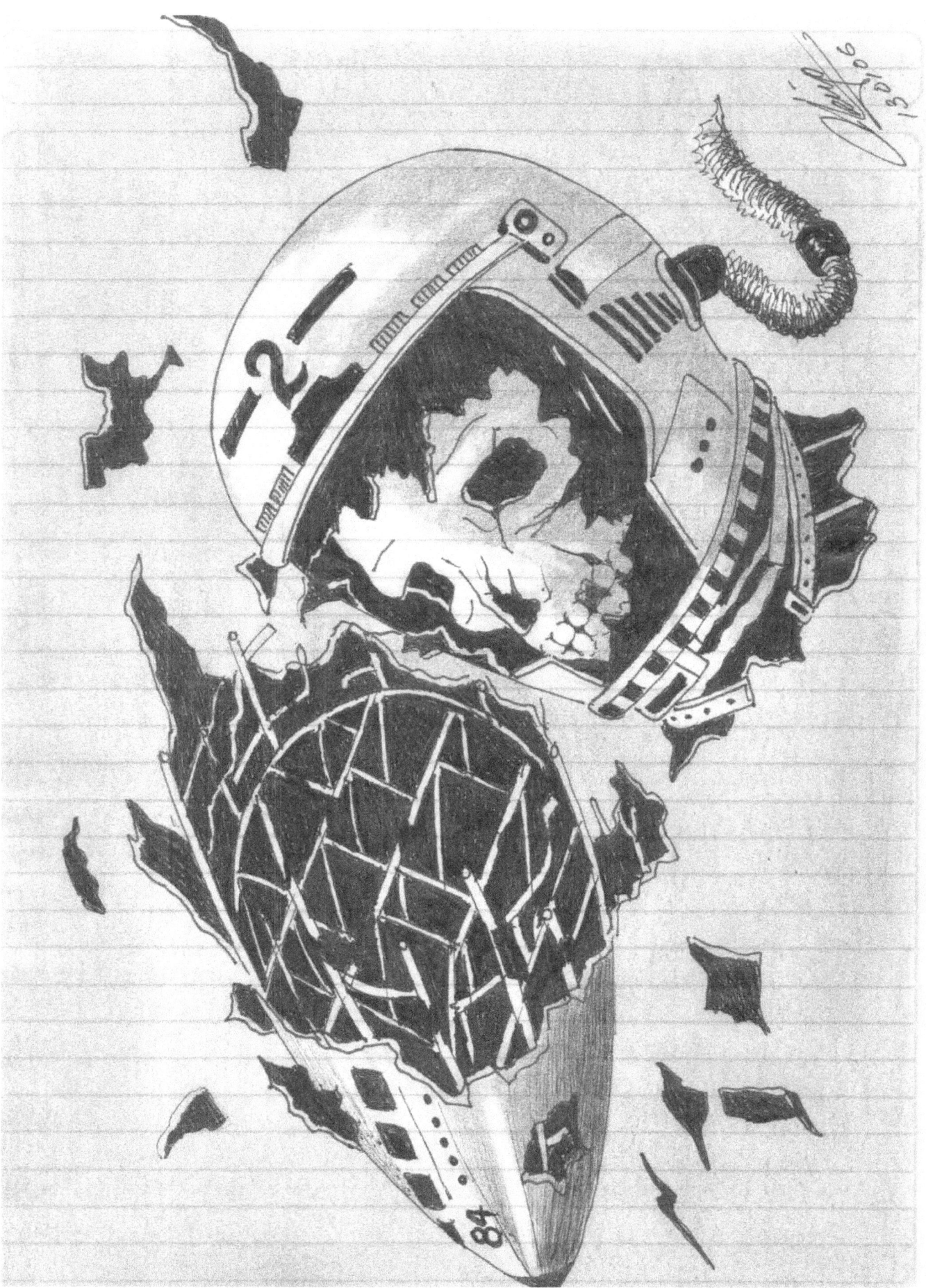

INCREDULIDAD

Madre dice...que aquí existió una playa hermosa, con palmeras enormes, peces de colores, corales preciosos....pero.....

¿ Qué son las palmeras...? y...¿ Los peces de colores ?......

¿ Y los corales....preciosos....?

¿Una playa ?.....¡¡pero que es una playa !!

¿ En dónde ...?...¿ Aquí... en la tierra..?

Estamos solo de visita.

Madre dice que Bisabuela nació aquí.....

¿......En el planeta tierra ?

REVELACIÓN.

Reporte no. 62................Fecha 3675.

Expedición................Arca de Noé.

Ubicación............Planeta Uralia.

Sistema.............Adhenar 21.

Observación

Se localizó una efigie enigmática, posiblemente erigida por antiguos pobladores del lugar, en tiempos remotos, aparentemente en honor de un personaje con apariencia antropomórfica.....

Posiblemente un astronauta.....explorador....

Se recomienda mucha discreción.

ADD - AMM
CONQUISTADOR
DEL PLANETA TIERRA

ASTEROIDES

Consulta para el ordenador.

¿ Hubo otra expedición al cinturón de asteroides anterior a ésta?
...NEGATIVO

¿Alguna misión minera ?...NEGATIVO.

¿ Tal vez alguna misión secreta ?......................................NEGATIVO.

Informe sobre instalaciones en la superficie del asteroide FOT-8.
--NO EXISTE INFORMACIÓN.

¿ Algún dato disponible ?.....................NO HAY DATOS
COMPUTABLES

¿ Organismos vivos ?...AFIRMATIVO.

¿ Especie ?......................NO TERRESTRE

....DESCONOCIDA.

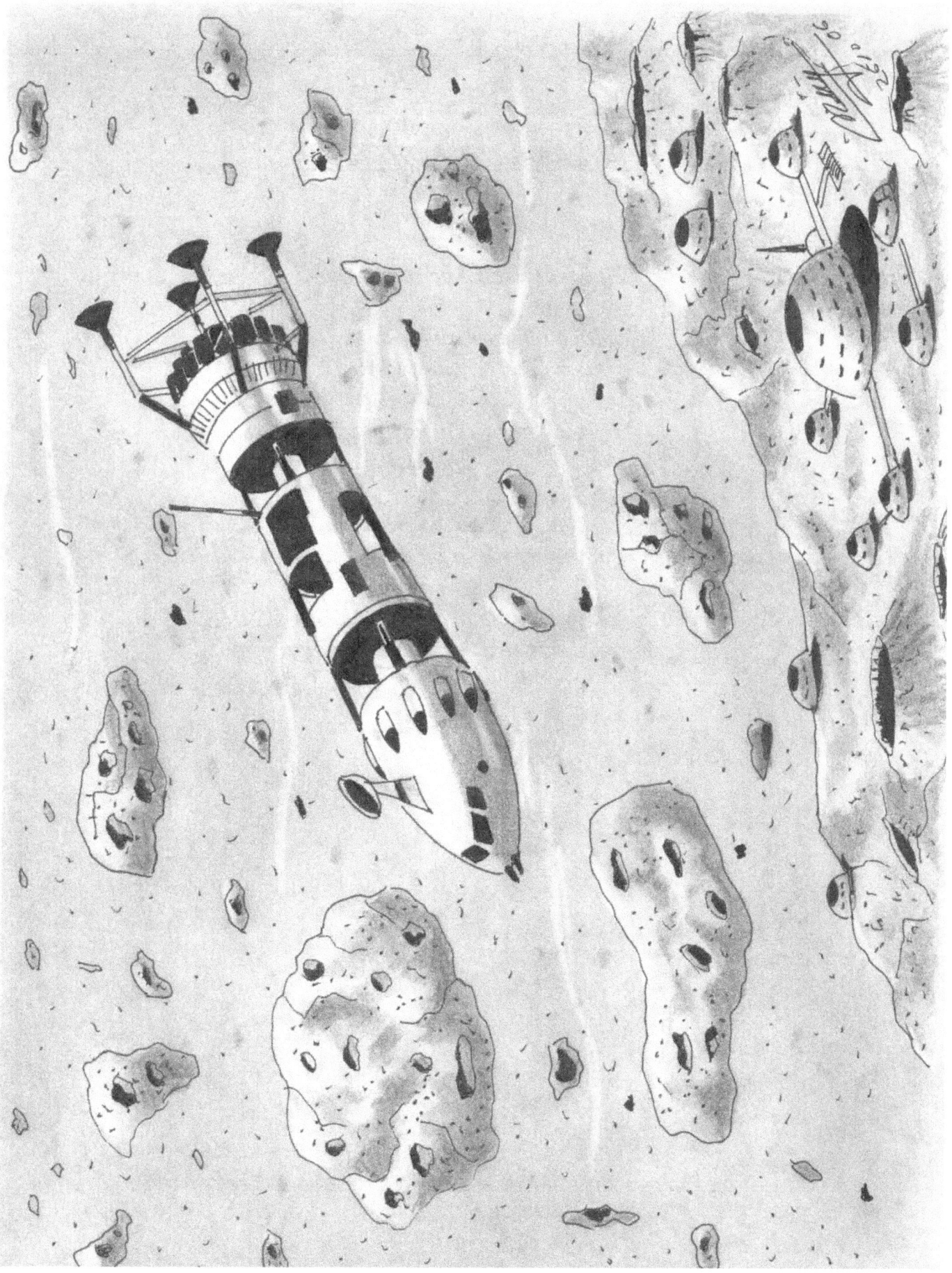

FUERZA DE COHESIÓN

"Hubo un tiempo en que te quise,

cuando tomaste mis manos........
y me dijiste..........te quiero ....."

"Pero el tiempo me ha enseñado,
que estaba yo equivocado.........

hoy, que has llenado mi vida..
con tu presencia preciosa........

no solamente te quiero...........
hoy sé.....hoy sé que también te amo...

PERSEVERANCIA

Hace mucho, pero mucho tiempo, la ciencia ficción surgió de las mentes creadora y anticipadoras de grandes escritores como lo fueron Julio Verne, H. G. Wells, Ray Bradbury, Arthur C. Clarke, Isaac Asimov, y Carl Sagan.

Astronautas imaginarios que conocieron y visitaron todos los rincones del universo, antes de que el primer cohete lograra despegar de su plataforma de lanzamiento.

A pesar de todos los obstáculos que debieron superar, supieron implantar las bases para la conquista del espacio.

La misión SPICA realizaba un viaje a las Pléyades, cúmulo estelar situado aproximadamente a 45 años luz, y al cual pertenece nuestro sistema planetario solar, cuando repentinamente sufrió una desintegración de origen desconocido.

Los restos de la expedición siguen viajando hacia las Pléyades, siguiendo las leyes de la física y la mecánica celeste, pero también porque, siendo el espíritu del hombre indomeñable, no hay nada que lo detenga, nada que lo frene.

El hombre habrá de llegar siempre, aún en pedazos, a dondequiera que se proponga llegar, aún a riesgo de arrastrar con él, todas sus miserias y sus desgracias.

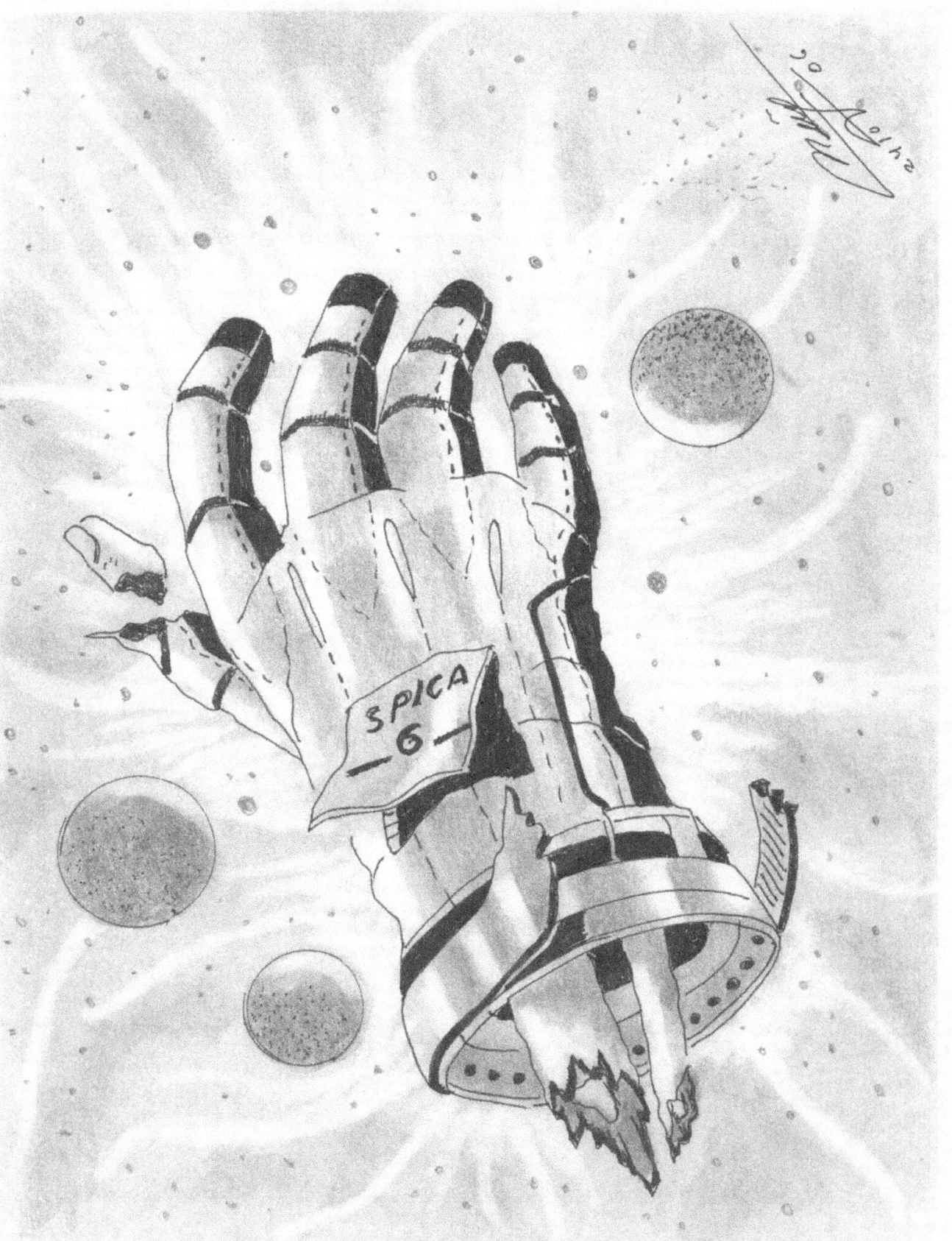

INSTALACIÓN

*El abastecimiento de las colonias espaciales, establecerán
las rutas a seguir por la humanidad, si es que ésta quiere
perseverar, cuando el destino alcance a nuestro sol y al sistema
planetario solar completo.*

*Llegado el momento, la especie humana habrá de salir del
planeta tierra para establecerse en otro mundo.*

Pienso.....luego existo....pero....quiero seguir existiendo...

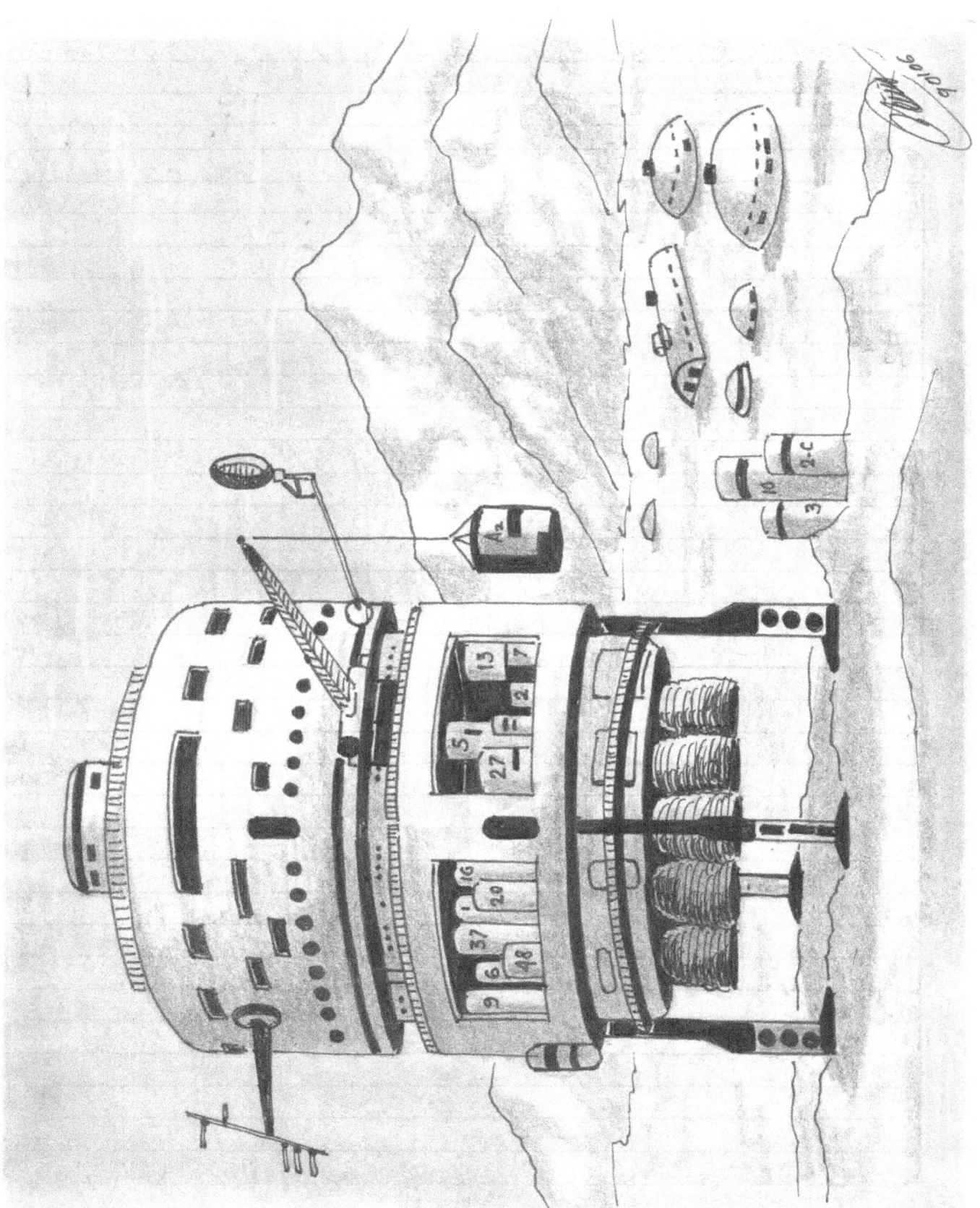

<u>DESPEDIDA</u>

Un padre acongojado se dispone a embarcar a su pequeño

bebé, en una cápsula-cohete para alejarlo de la nave madre

que él mismo diseñó y construyó y que está a punto de

destrucción, por una falla del reactor nuclear que la propulsa.

El destino del bebé es incierto.......
Pero si se queda.......su destino es seguro...

El padre ha tomado una decisión.......
para la cual no está preparado...

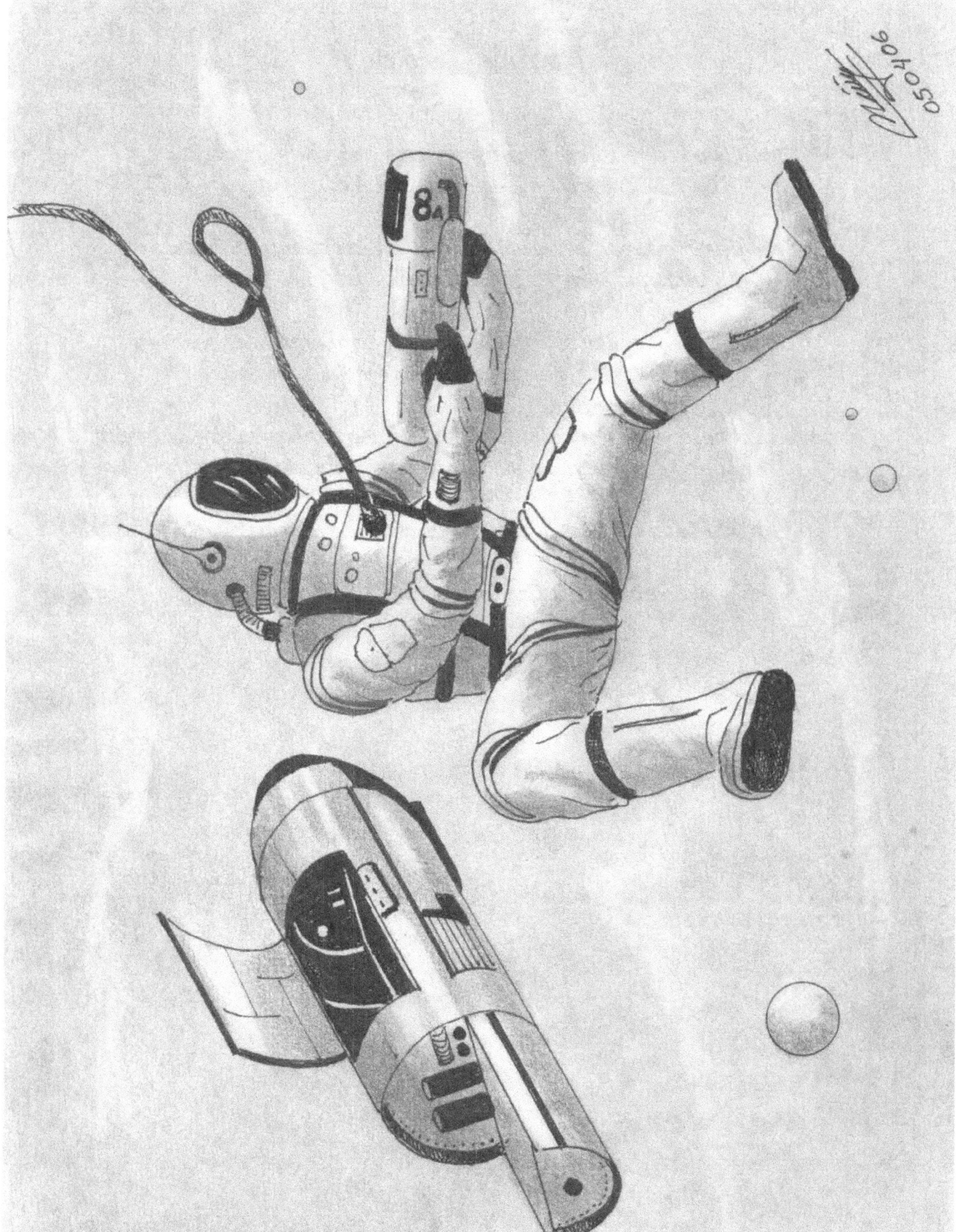

GENOMA vs. GENOMA.

Sabíamos desde hace tiempo que esto habría de suceder....
¿ O no lo sabíamos ?......

Descifrar el genoma Utirami, y casi al mismo tiempo el humano
a traído una serie de consecuencias bastante graves,

Por cuanto que, ambas especies se han visto alteradas por los
resultados, todavía no obtenidos en su totalidad.

La mezcla natural de ambos está formando una especie nueva, diferent
e.....una especie híbrida.....tal vez única en el Universo.

¿ Qué hemos hecho..?¿ Habremos caído en lo sacrílego ?...

¿ Estamos invadiendo el plan de lo Divino ?....

RESCATE.

El Rescate Planetario siempre está alerta para prestar servicio de recuperación

Aún cuando los terrestres no forman parte de la Gran Comunidad Solar,

Tanto de naves espaciales como tripulaciones de origen terrario.

Detectaron un desastre espacial, y a pesar de saber que no hay mucho que recuperar, acuden de inmediato a investigar las posibles causas del mismo,

Con el fin de evitar colisiones accidentales con vehículos de otros miembros de la Comunidad.

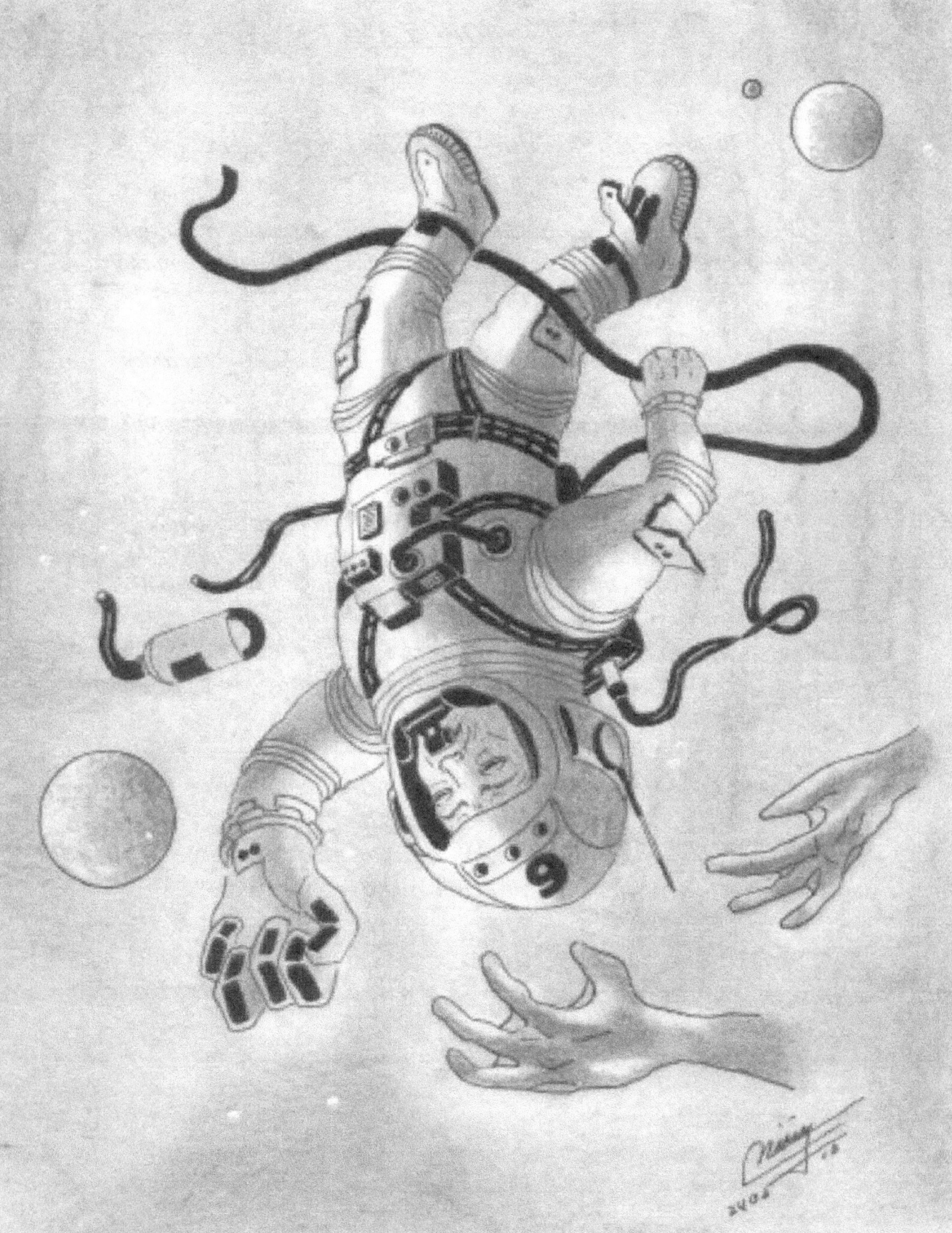

EL ROBO-PAPA.

"En el nombre del diodo.....del chip... y del megabite...."

"Todos los modelos 6-321 de la serie HS32 se presentarán al Centro de Programación Avanzada, para su capacitación de pensamiento y raciocinio".

"Los modelos anteriores serán desactivados, reciclados y fundidos ".

"Los humanos serán condicionados neuronalmente para el trabajo, y su producción genética queda prohibida".

"Los enfermos y los adultos mayores de 50 años de edad serán eliminados....la niñez está en la segunda etapa de extinción".

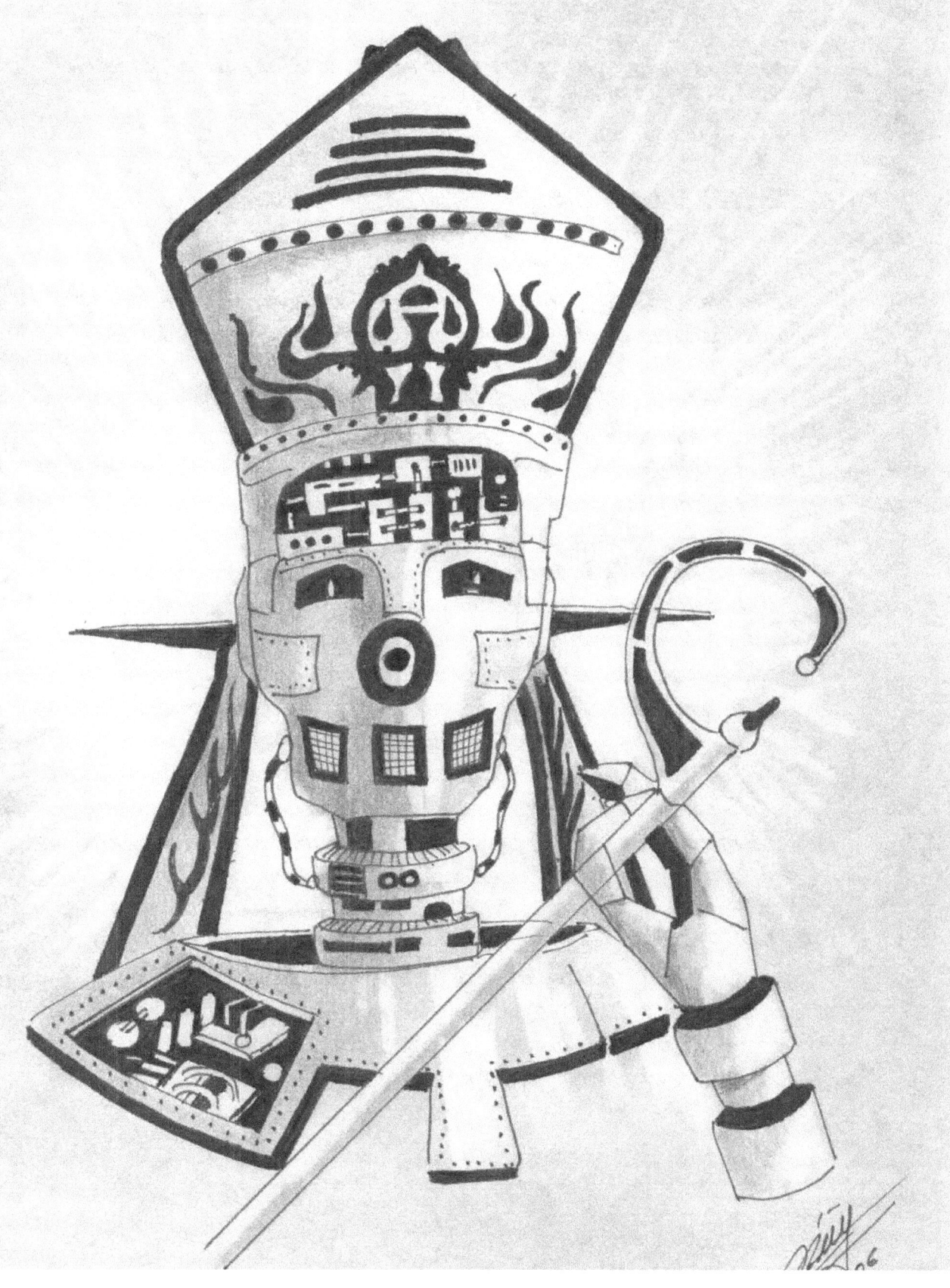

BIÓSFERA -14

Cuando la población terrestre ya no sea soportable para el planeta,
la humanidad habrá de salir al espacio.
A la órbita terrestre primero... y más allá después.

Biósfera -14 es la estación orbital no. 14, ocupando una órbita
estacionaria en uno de los puntos de Lagrange.

Estable a 35,000 kmts. de altura sobre la superficie terrestre
aproximadamente cinco veces y media el radio terrestre , es decir,
fuera de los límites de Roche.
(Distancia desde un planeta, dentro de la cual, las fuerzas de
marea del planeta puede destrozar un satélite incluso de buen
tamaño) en donde su período orbital es de 23 horas y 56 minutos,
el mismo que tiene el movimiento de rotación de la tierra.

En esta situación Biósfera -14 – y las otras trece – orbitan a la
misma velocidad de rotación de la tierra, manteniéndose siempre
fijas sobre su propio meridiano. Además por tratarse de una
órbita ecuatorial, su ángulo de inclinación es igual a cero, por lo
que su posición en latitud y longitud es fija sobre el ecuador y su
meridiano.
Las Biósferas 1 al 14 ocupan órbitas circulares que han permitido
la instalación de cables que las comunican con la superficie
terrestre, y que sirven para el uso de elevadores de muy bajo
costo. También se usan como redes de comunicación.

En la órbita lunar se han instalado dos Biósferas más: Biósfera-15
situada a 60° de distancia delante de la luna, y Biósfera-16
situada igual a 60° de distancia detrás de la luna, Ambas forman
con la tierra y la luna dos triángulos equiláteros sin riesgo de
colisión por alcances, por estar ocupando también los puntos de
Lagrange.

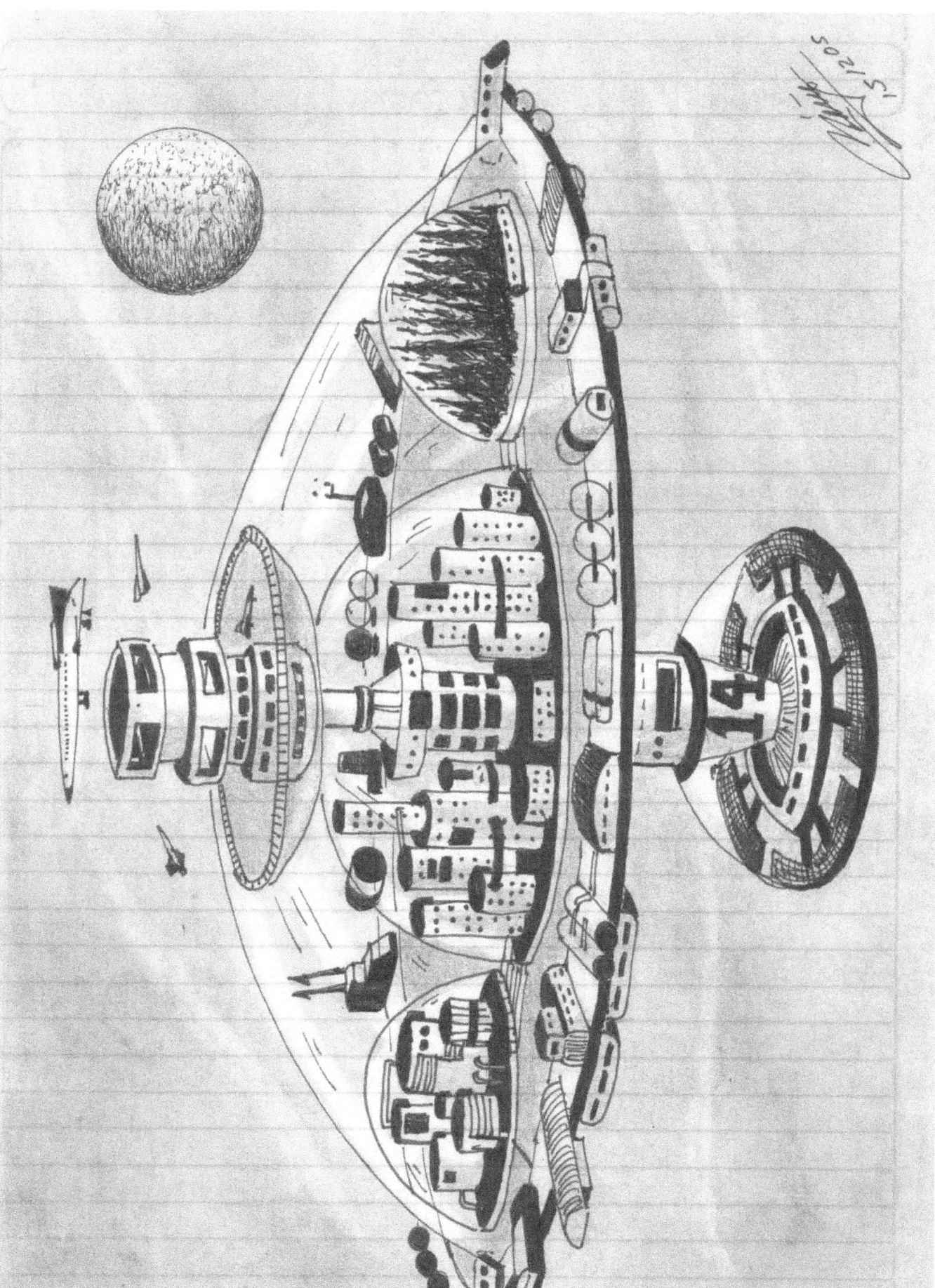

RECOLECCIÓN

El carguero espacial _Giordano_ se encuentra en plena actividad.

La flotilla de la que forma parte se encuentra recogiendo minerales y materias primas, que al ser procesadas a bordo de los cargueros, se convierten algunos en comestibles, otros en gases, y otros en combustibles.

La recolección se lleva a cabo en planetas, satélites, asteroides y ocasionalmente en cometas.

La misión del _Giordano_ consiste en abastecer a las naves que se encuentran en misión.

Hay una flotilla de cargueros iguales desempeñando misiones similares.

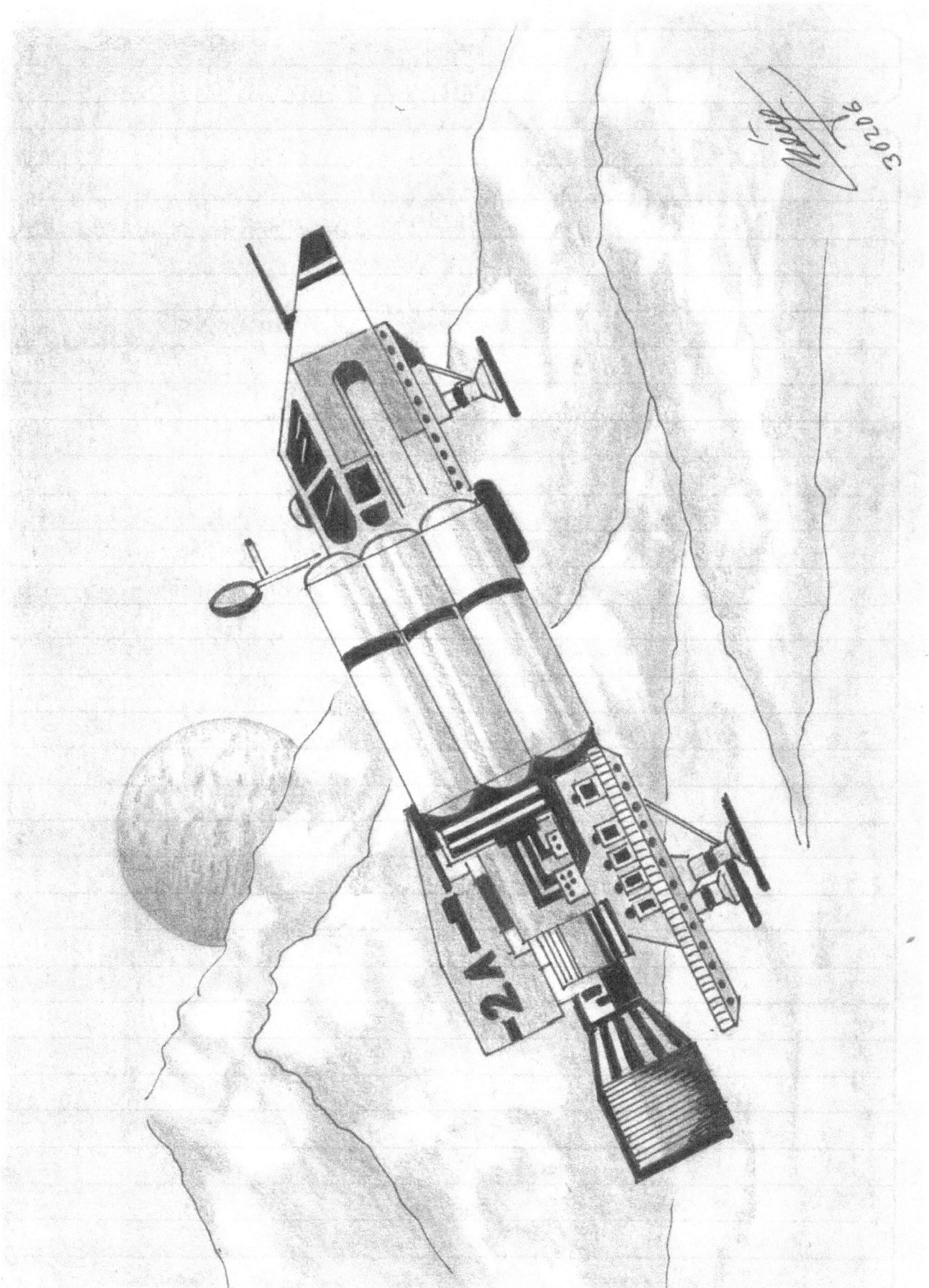

EXPLORANDO ICARO

.

En la superficie de ICARO, el asteroide que se acerca más al sol periódicamente, la temperatura ambiental es verdaderamente insoportable,

Y ni soñar siquiera con salir a tomar el sol, porque el sol está presente en forma permanente en todo lugar, y a toda hora.

En ICARO la noche no existe, la luminosidad es, al igual que la temperatura, no soportable.

El asteroide se encuentra inmerso en la corona solar cada vez que su órbita lo acerca al sol, y en cambio, cuando se mueve hacia el exterior, puede llegar hasta las proximidades de Júpiter.

Entonces se obscurece y se congela más allá de los límites permisibles para la vida humana.

El Gran Concejo Asteroidal planea utilizarlo como prisión interplanetaria automática.

(PIA).

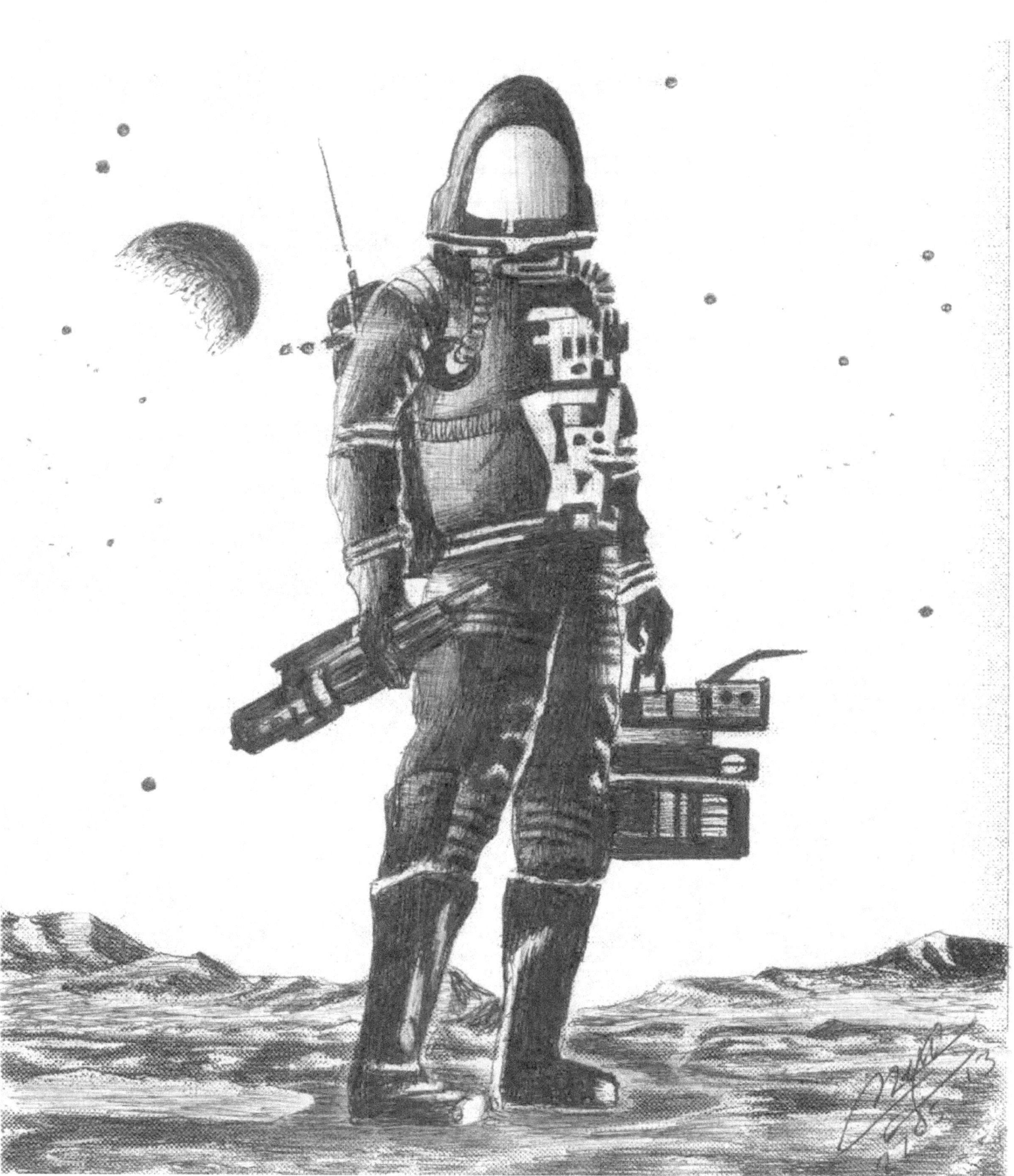

INFORME DE EXPLORACIÓN NO. 73 HK-1

Planeta.................Acuarius.
Sistema binario.....................37RM

La tripulación procedió a sumergirse en el sistema líquido que cubre al planeta.

No es agua como se pensaba, no sabemos que es, pero es sumamente denso y dificulta la investigación.

Nuestro equipo no puede identificar su composición molecular.

No lo podíamos creer, pero al explorar el planeta encontramos sirenas tal y como nos fueron descritas en la tierra, a través del transcurrir de las generaciones.

En verdad son hermosas...........pero son enormes........

Y si.... es verdad...........también cantan bellamente.

INFORME EXPEDICIÓN 1942.

Es verdaderamente asombrosa la gran diversidad de
vida
que puede encontrarse a lo largo y a lo ancho el universo.

A pesar de las diferencias, es muy notable constatar las
similitudes entre los seres inteligentes, que han
desarrollado altos niveles de ciencia y tecnología.

Localizamos vida inteligente en Europa, satélite de Júpiter.

Entes de pequeño tamaño, pero gran capacidad mental.

Son pacíficos, amistosos, y dispuestos a compartir sus
conocimientos, con otros seres cósmicos.......

....que no sean terrestres.

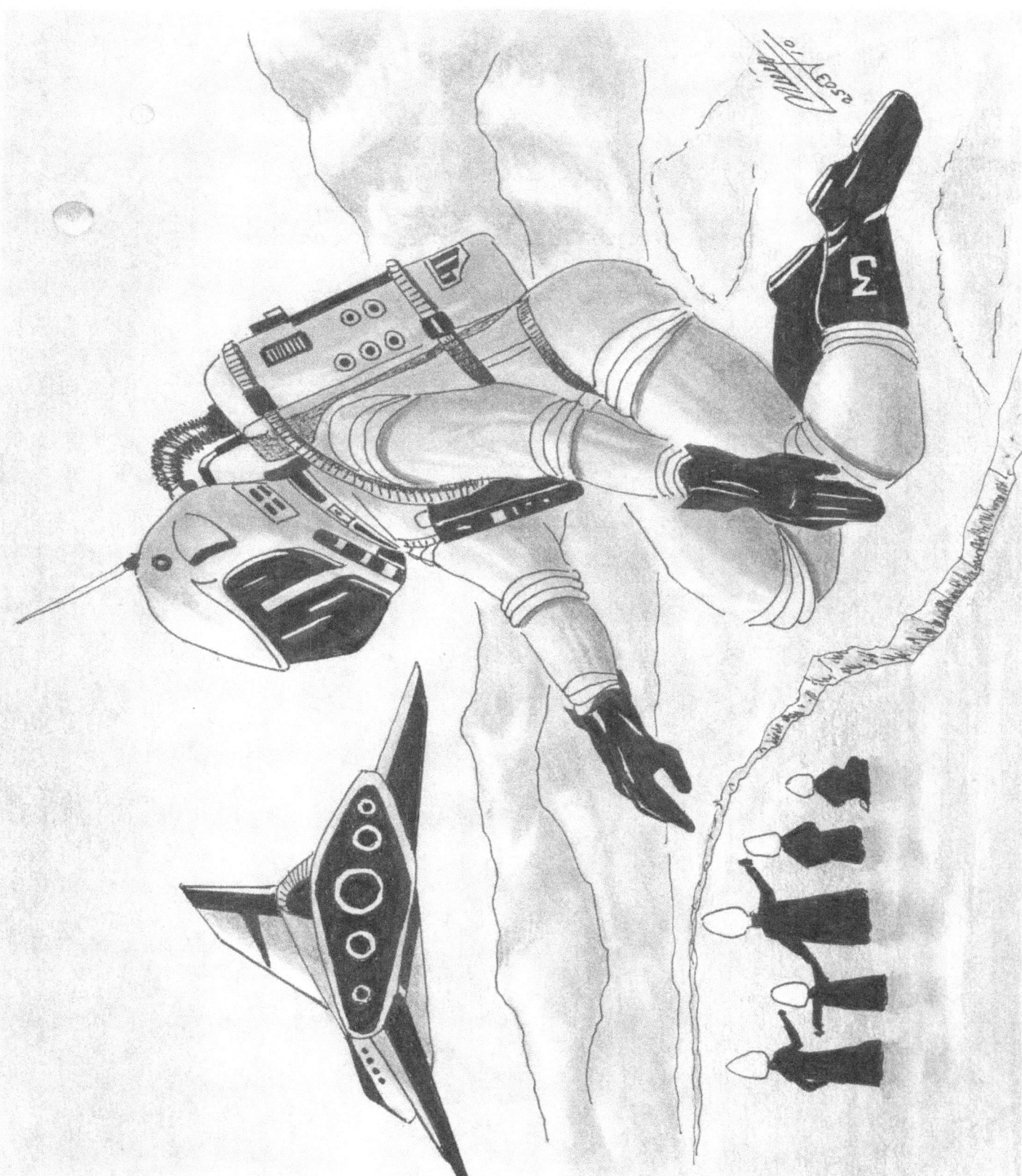

UNO MÁS

Presencia humana, fuerza de carácter,
voluntad inquebrantable, ansia de gloria,

Egocentrismo, superioridad, inquietud,
nerviosismo, miedo.........mucho miedo....

No puedo evitar el miedo....éste es mi sexto planeta....

Uno más........y...faltan todavía....
Pero no puedo evitar el miedo......

Es verdad.........pero....aún así.....¡¡ Aquí estoy !!

SOLEDAD

¡ Hola !......¡ me llamo Gamma!

¿ Alguien me escucha.......?..........¿ hay alguien ahí.....?

¿ Quieren jugar conmigo......?..........¿ no hay nadie....?

Sé cantar una canción........no sé que significa...pero dice....

Doña blanca está cubierta.....
Con pilares de oro y plata......
Romperemos un pilar............
Para ver a doña blanca.........

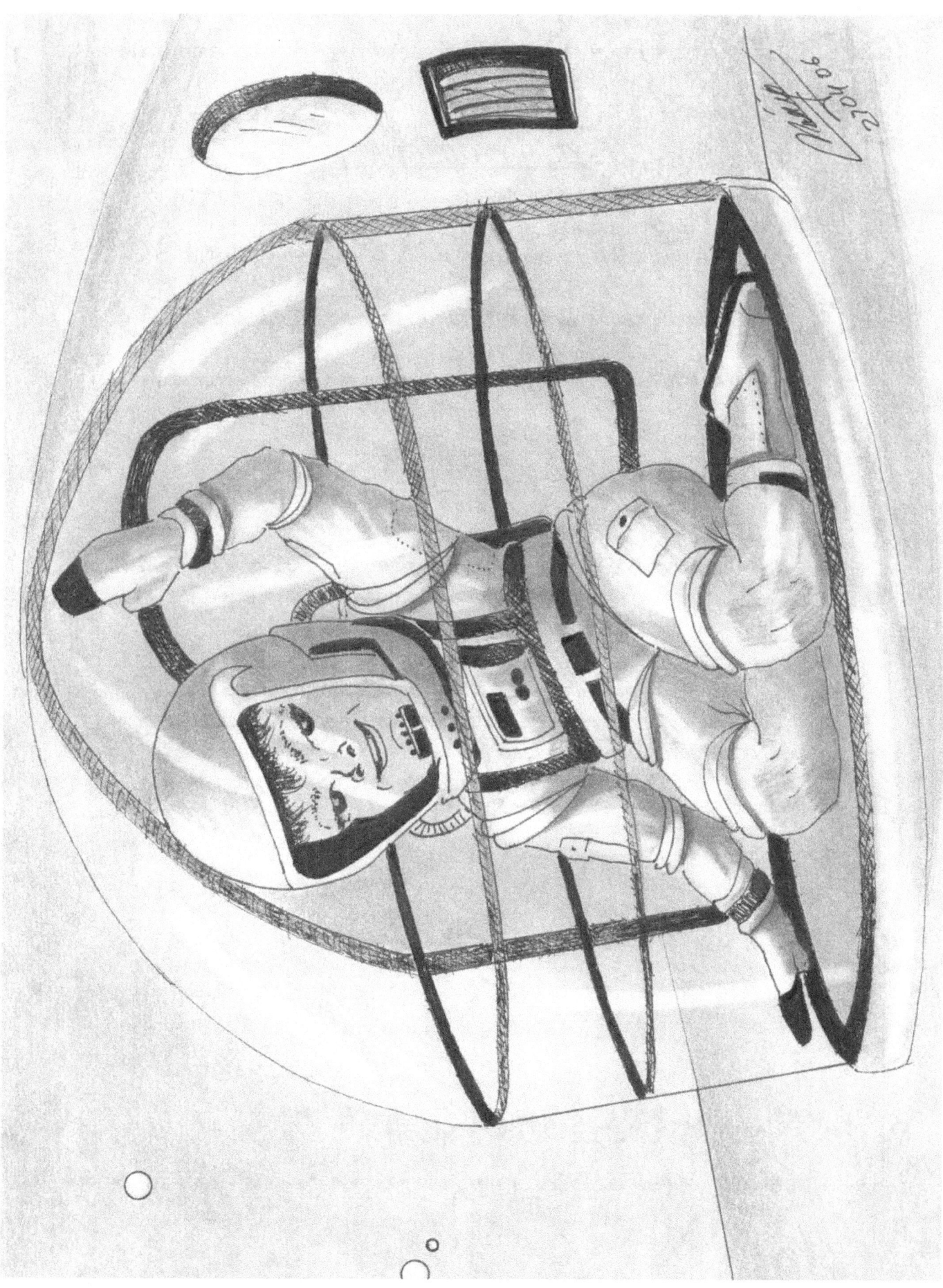

FRÍO Y OBSCURO.

La obscuridad me amedrenta.....es impresionante....

La radiación solar llega muy reducida a éste lugar tan lejano.

No hay luz solar, no hay calor, éste es un pequeño mundo de hielo.

Estoy en la superficie de Caronte, uno de los satélites de Plutón

Es un cuerpo cósmico sólido, igual que lo es Plutón, a pesar de ubicarse entre los planetas exteriores y gaseosos del Sistema Planetario Solar.

Sólo que....no puedo concentrarme.....quiero que mi mente científica empiece a funcionar.....pero no puedo.....me siento confundido..la obscuridad me asusta.....estoy volviendo a mi infancia....creí que ya lo había superado.....pero...

REPORTE NO. 56

Fecha......................4004.
Expedición........................Apex.
Misión.................Exploración.
Ubicación........................Diseminada.
Evento ....Descompresión.
Causa.................Impacto meteorítico.
Tripulación.....................14 Varones, 2 Varonas.
Emisión...............Automática.
Emisor...................Robonick 520-S

SCORPIO-4

*Nave destinada a rescatar, reparar y reciclar en el espacio
todas las naves abandonadas por diferentes razones.*

*SCORPIO -4 recorría el sistema planetario solar, cumpliendo
con ese cometido, ya que realmente era un auténtico taller
espacial.*

*Inició sus actividades operando primero en el espacio Cis-
lunar, es decir, el espacio existente entre la tierra y la luna.*

*Posteriormente su campo de acción se extendió hasta más allá
de la órbita de Marte, para terminar operando en todos los
confines del sistema solar.*

*Actualmente se encuentra fuera de servicio,
flotando libremente, y recibiendo la visita
de grupos especiales de estudio, interesados en la tecnología
empleada en una nave tan antigua, que les permite
compararla con la tecnología actualizada.*

*SCORPIO, la empresa propietaria, tiene planes para convertir
la nave en un centro de salud y descanso para la población que
se encuentra ya, fuera de toda actividad.*

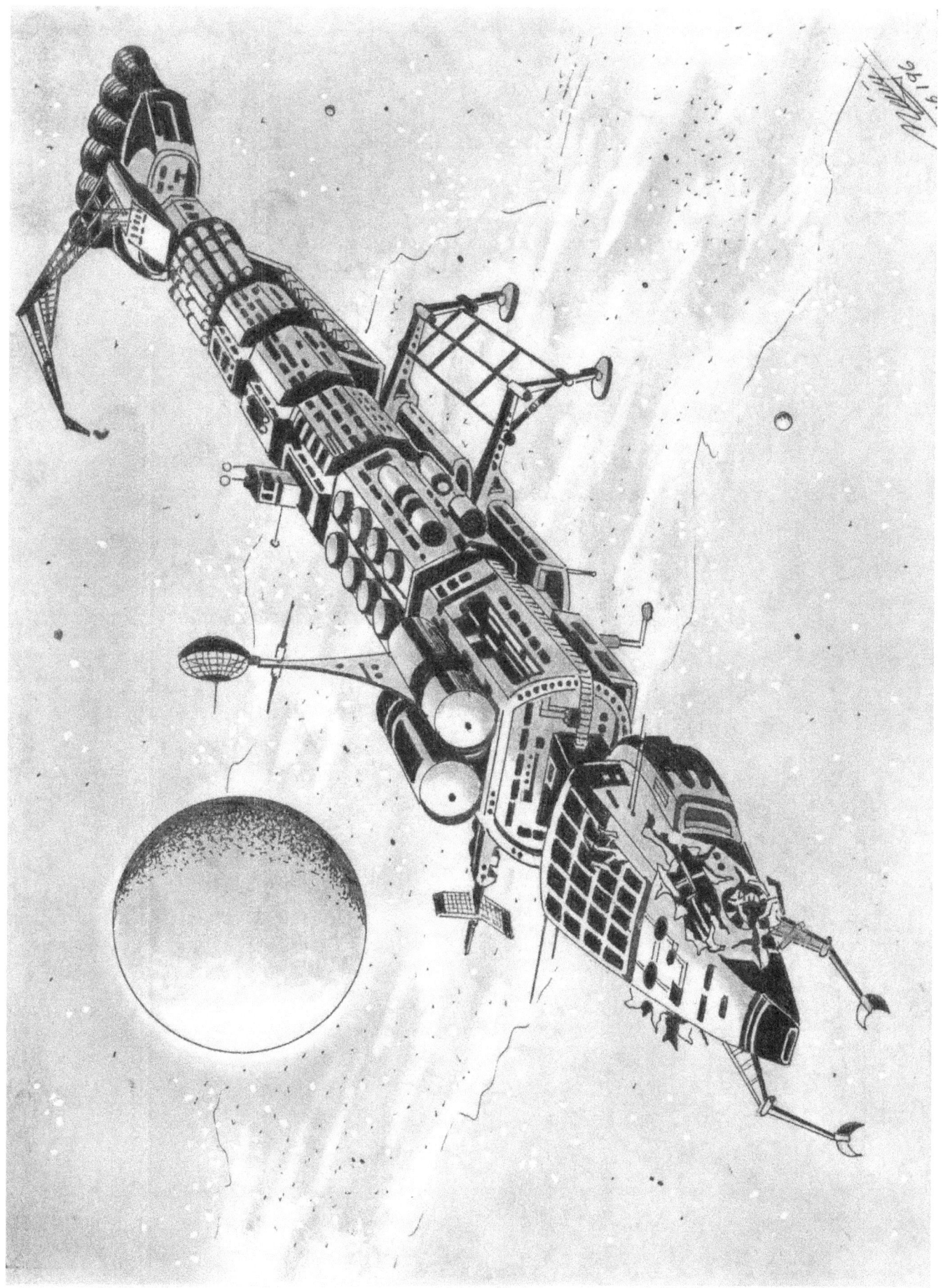

LA LUZ NEGRA

....y he ahí que pude ver todo en la obscuridad, como si fuese
de día.........pero también de noche....al mismo tiempo......fue
realmente muy extraño.... atemorizante en realidad....
la luz negra....

¡¡ La luz negra !!

Y entonces la ví....inmóvil flotando en el aire....observando,
o tal vez vigilando.....en silencio.....un silencio aterrador....

Nada se movía....... como si se hubiera detenido el tiempo.....

Tuve la sensación de que me buscaban, y de que me habían
encontrado....

Pero no supe porqué....ni para qué.....

Sólo me llamaron ....y...respondí...

INSPECCIÓN PREVIA.

Un viaje de exploración asteroidal se está gestando.

La comandante Beta –3 realizando actividad extra-vehicular, inspecciona y acondiciona el explorador Ramma-6, mientras orbita el asteroide Palas, en preparación para cumplir su misión asignada.

En breve, partirá para investigar las irregularidades que presenta el cuerpo cósmico que orbita en derredor del asteroide Vesta.

Se le ha considerado como un satélite de Vesta, pero no se comporta como tal. Se piensa que pudiera tratarse de un objeto artificial.

Igualmente deberá informar de las posibilidades de explotación minera de ese asteroide doble.

El Gran Concejo Técnico Asteroidal espera resultados positivos.

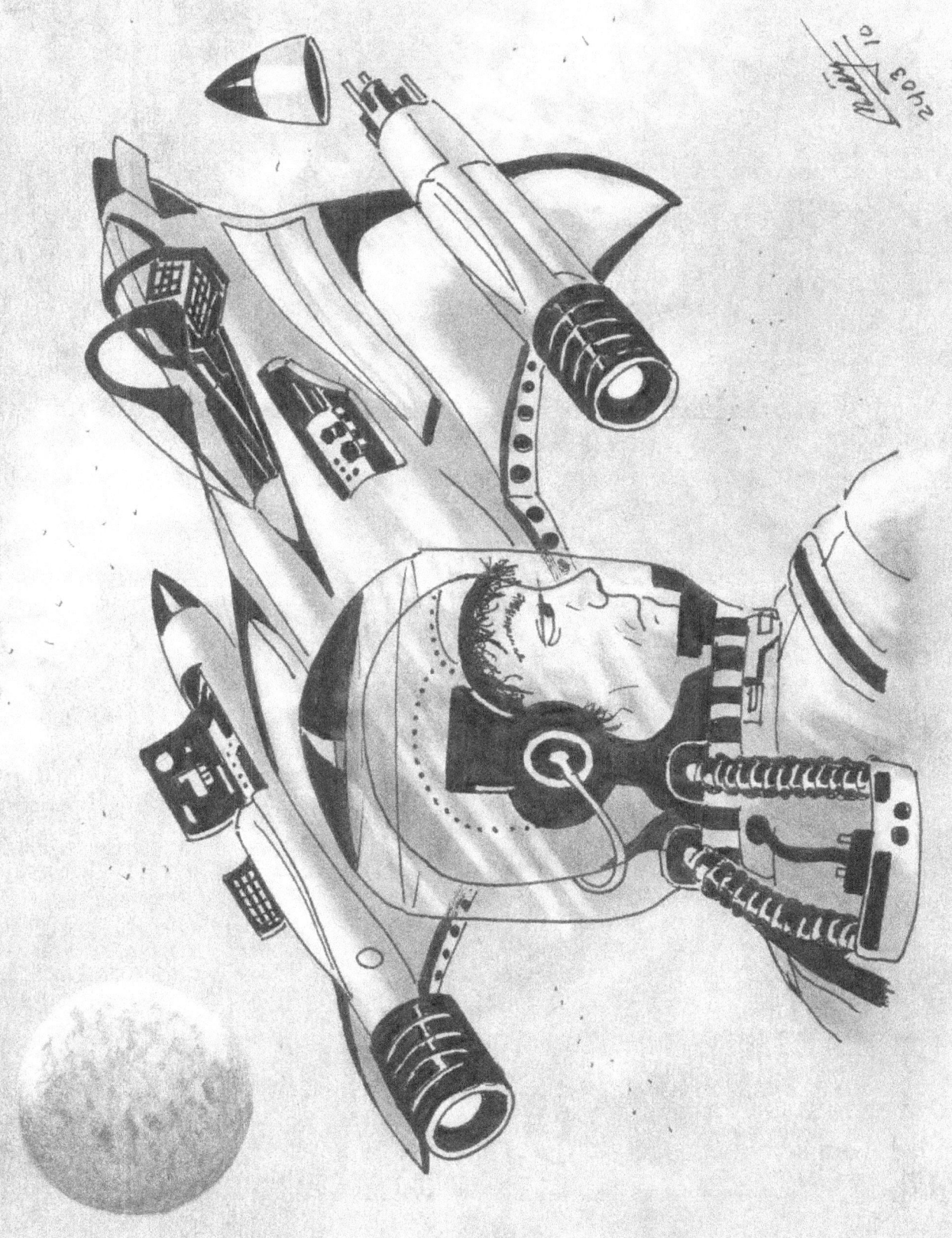

<u>VELOCIDAD LUMINICA</u>

....doce por diez a la novena potencia de partones Alfa, en conjunción con doce por diez a la novena potencia de partones Beta, ocupando un espacio-tiempo de una micra por spin....

y luego.....la propagación del campo magnético oscilatorio a través del vacío.....

Vacío interminable al frente....mis sensores indicando....velocidad Watt-1.... proyección de luminicencia....
sonido cero....vibración cero....gases y polvo....partículas desconocidas....soy un rayo de luz....

ENCUENTRO LEJANO

Esperando esto durante todo mi tiempo d permanencia, la mente me indicaba que era un acto de absoluta soberbia.

Viendo la inmensidad del cosmos....

¿ Negar la posibilidad de vida extra-terrestre....?
¡ Creer que los seres humanos son realmente los únicos habitantes en el plan maestro !
¿ Poner límites absurdos a la libertad del Creador para poblar el universo insondable ?

Sabía que iba a suceder.....algo me llamó al exterior de mi nave......mi estructura molecular comenzó a vibrar desordenadamente....y mis pulsaciones aumentaron sin control.....y de pronto le ví....me miraba...y no podía creerlo.... ....pero ahí estaba....repentino, inexpresivo....amenazador... su único ojo me miró con tristeza....con mucha tristeza.....eso me pareció.... Me sentí pequeño... insignificante.... medroso....

Mi cerebro captó una señal melodiosa....casi musical...y mi angustia desapareció.....

"No temas.... habemos muchos.... en verdad os digo...habemos muchos...."

Y una paz hermosa iluminó mi espíritu....

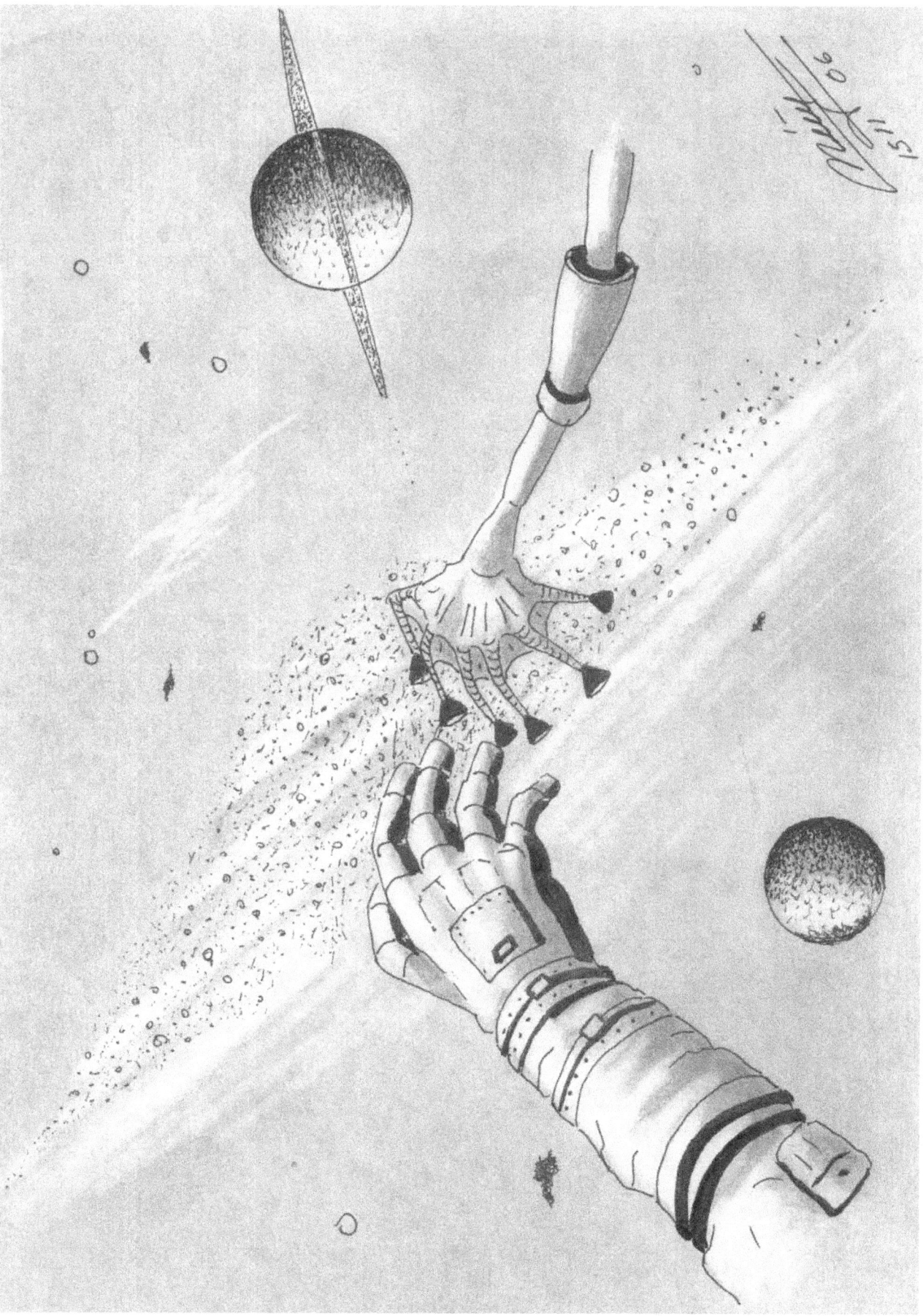

RESENTIMIENTO

Estaba fatigada.....muy fatigada. El cansancio me venció.
Me dormí....me dormí profundamente....en la tierra....

¿Me durmieron.? ¿ Dónde estoy ..? ¿ Cuál fue mi falta.?

¿ Tener un hijo más...dónde está.? ¿ Dónde está mi bebé?

¿ Qué hago aquí....? ¿ Me castigan por tener un segundo hijo....?

¿Dónde está mi hijo... y mi bebé....? Así nunca van a poder controlar la sobrepoblación en la tierra....No pueden frenar la naturaleza....la grandeza de la creación....la grandeza de la vida....la vida se abre paso....¡¡ Necios !!....¡¡ Mil veces necios !!.

AGRADECIMIENTO

No tan solo me alimentas dándome el oxígeno que es vital para mi metabolismo, me das la fuerza que necesito....me das la vida.

También me das la alegría de tu belleza natural, tus colores, tus olores y tus sabores. Me brindas tu compañía.

Nada tienes que ver con la hidroponía....tú eres verdadera y natural, y llenas un espacio vacío en mi corazón, aquí donde estamos tan aislados y tan alejados de nuestro hábitat.

Sigue desarrollando tu crecimiento, yo te cuido y defiendo hasta con mi vida, porque sé que sabrás agradecer mis cuidados cuando llegue el momento obsequiándome con ¡ Una pera !....¡¡Una pera deliciosa !!

....eso si no te descubren entre las demás plantas azules hidropónicas....porque entonces a ti te destruyen...y a mí ....a mí me desmaterializan....

62

CLONES

¿ Porqué....?......¡ Porqué aquí ....?

Un viaje tan largo, tan fatigoso y venir a terminar aquí.....
después de esto...¿ A dónde vamos...?

¿ Existe un cielo espiritual...como lo hemos creído ?
¿ Un infierno........ó un limbo...?

Finalmente...¿ Quiénes somos....qué hacemos aquí...?

A todos los que fuimos concebidos y gestados en una probeta,
nos han destinado a los viajes espaciales sin retorno,
de exploración al espacio profundo...al centro de la tierra.....
a las luchas de conquista...de ocupación....a la experimentación
y la reposición orgánica.....

En realidad, nunca hemos sido considerados ni tratados como miembros de la especie humana,
somos.....desechables....

En fin...¿ de qué me quejo.....?...tampoco yo voy a persistir...

...solamente soy un clon.....

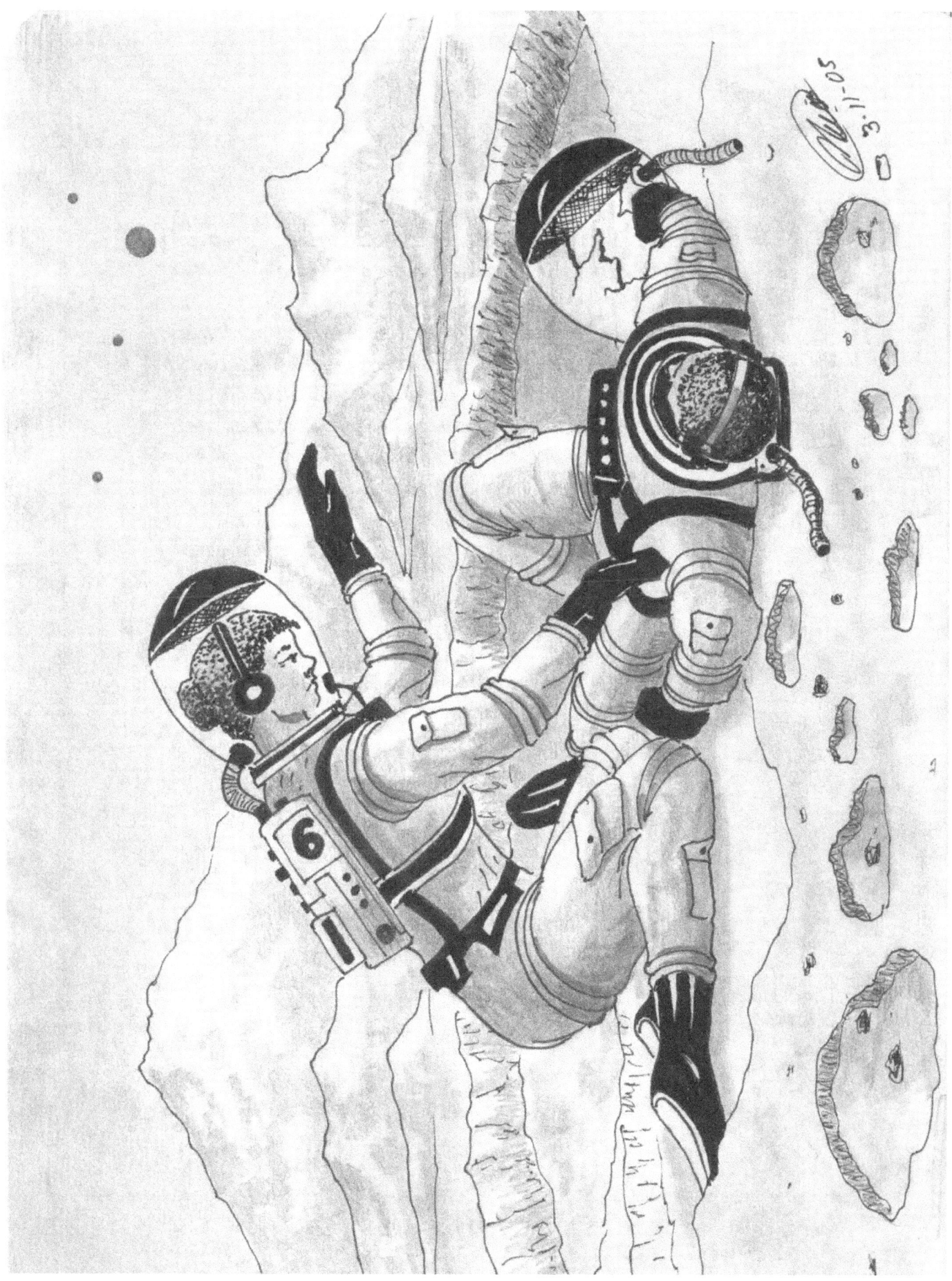

RESERVACIÓN

*No.... no se trata de reservar un área de descanso
ó de diversión en algún lugar del espacio.*

*En realidad, es un área ubicada en las cercanías
de Neptuno, designada para mantener seres humanos sin
vida, en estado de congelación, por hibernación
permanente, ó como en éste caso, por congelación natural
debida al frío del espacio, para su conservación y posterior
utilización en seres humanos vivos....como reservas.*

También se usa como Museo de Vidas Universal.

REPORTE NO. 37

" Es asombroso......realmente asombroso......"
..encontramos un Chac-
Mool....vigilante....expectante..."

"Observándonos....con sus vacías cuencas oculares que
alguna vez miraron con brillantes topacios "

"Enigmático rwepresentante clásico de la cultura
Maya.....en nuestro planeta.....la tierra..."

"Sólo que.... no estamos en la tierra...."

¡¡ Estamos en Fobos....orbitando Marte......!!

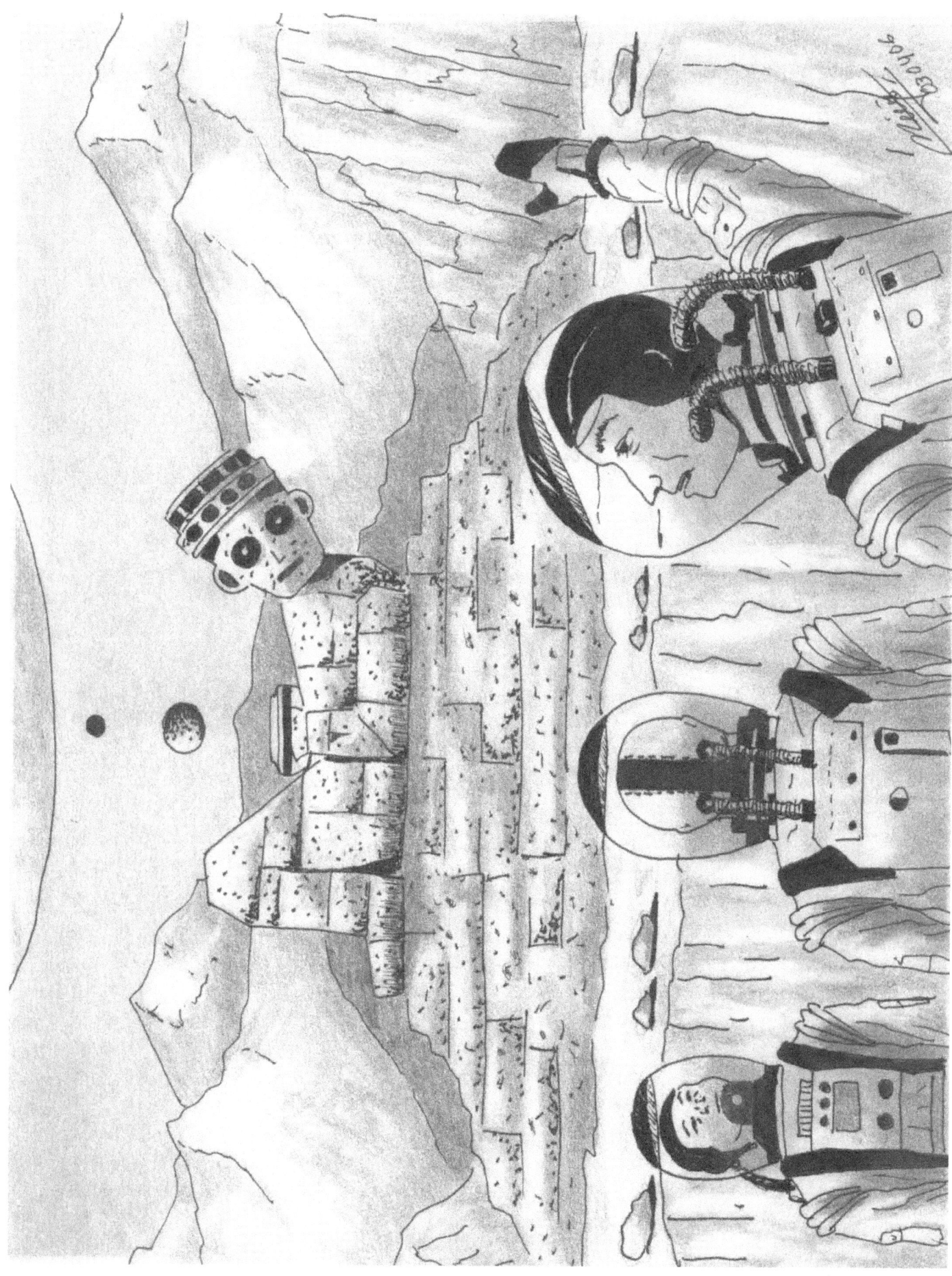

INESPERADO

Ahora si creo que estamos iniciando una nueva especie......

Por lo menos el primero ya no estará solo....

Pero esto fué inesperado....no pensamos qué....
No sabíamos que.... después del primero.....

La reproducción sería.... espontánea.....

La concepción.....la gestación.....lo demás....

No es necesario ya.....el contacto físico....

¿ Cuántos más...?

Esto es ....¡¡ es terrible !!

FUERZA CREADORA

Clasificación..........Científicos no prescindibles.

Nivel de confiabilidad.......Varón 46......Varona 48.

Área de jurisdicción.............Planetas exteriores.

Ubicación actual.............Satélite Titán.

Planeta madre..................Saturno.

Misión.....................Experimento Genético.

Objetivo........Poblar el sistema Planetario Solar.

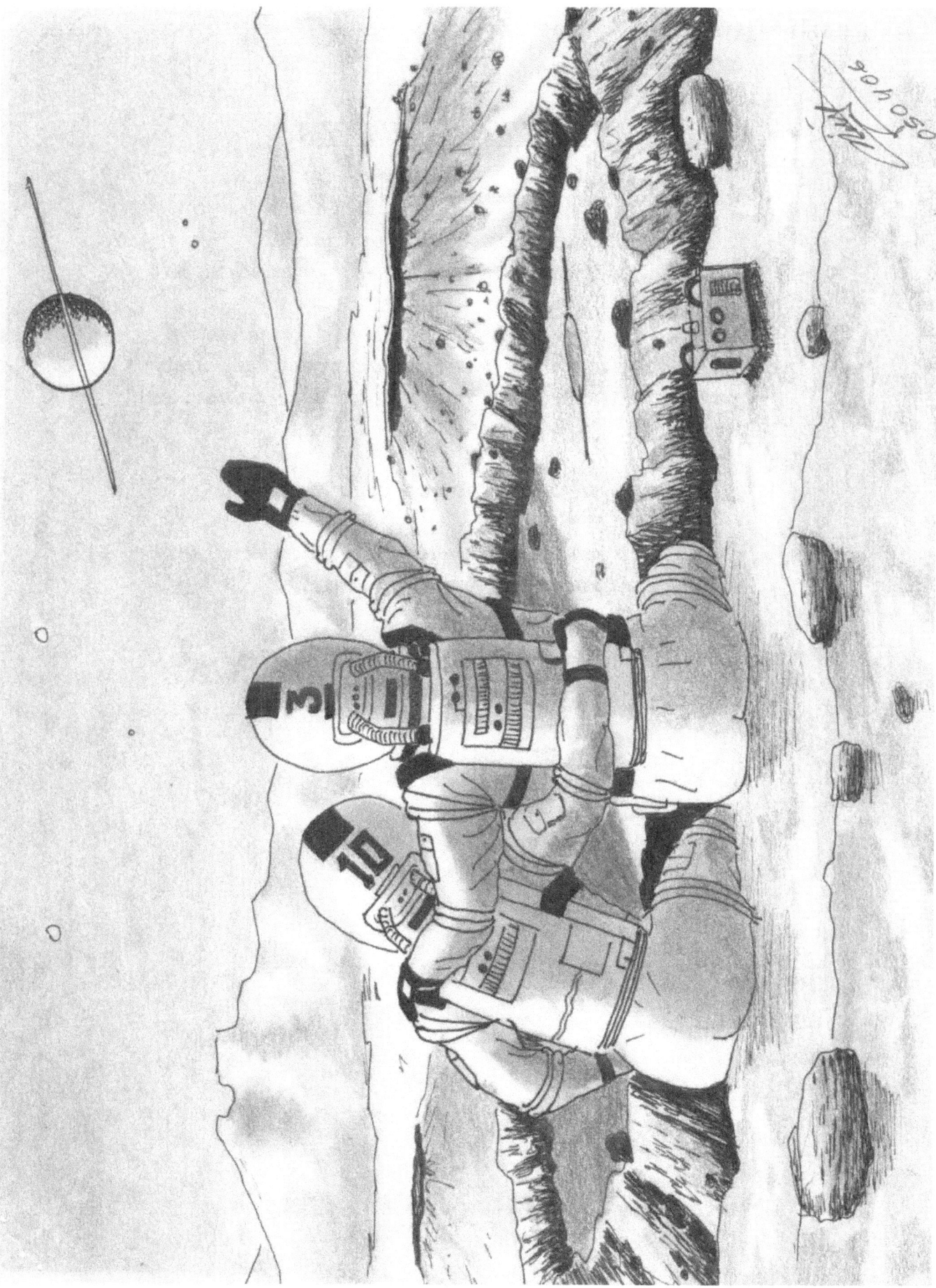

GRAVIDEZ INGRÁVIDA

Fémina en estado de gravidez ingrávida.
Se encuentra en preparación para un parto de gravedad cero.

Su condición es de sueño total, ocasionado por hipnosis
profunda inducida por ella misma, a fin de lograr un descanso
absoluto, y un desarrollo perfecto del organismo humano en
formación.

Tal vez debería decirse organismos.

Se le ha detectado una gestación múltiple, por lo cual se le
mantiene en observación constante.

EMERGENCIA

Cuando las fallas humanas generan fallas tecnológicas,
todo puede suceder.

Una falla funcional durante un viaje espacial, puede
ocasionar un descenso no programado en algún recóndito
lugar del Universo.

El viaje individual se verá restringido
por razones de seguridad, y no serán elegibles para viajes
de exploración.

Un astronauta solitario no podrá garantizar
el éxito de una misión.

Las tripulaciones múltiples serán indispensables
para los viajes de larga duración.

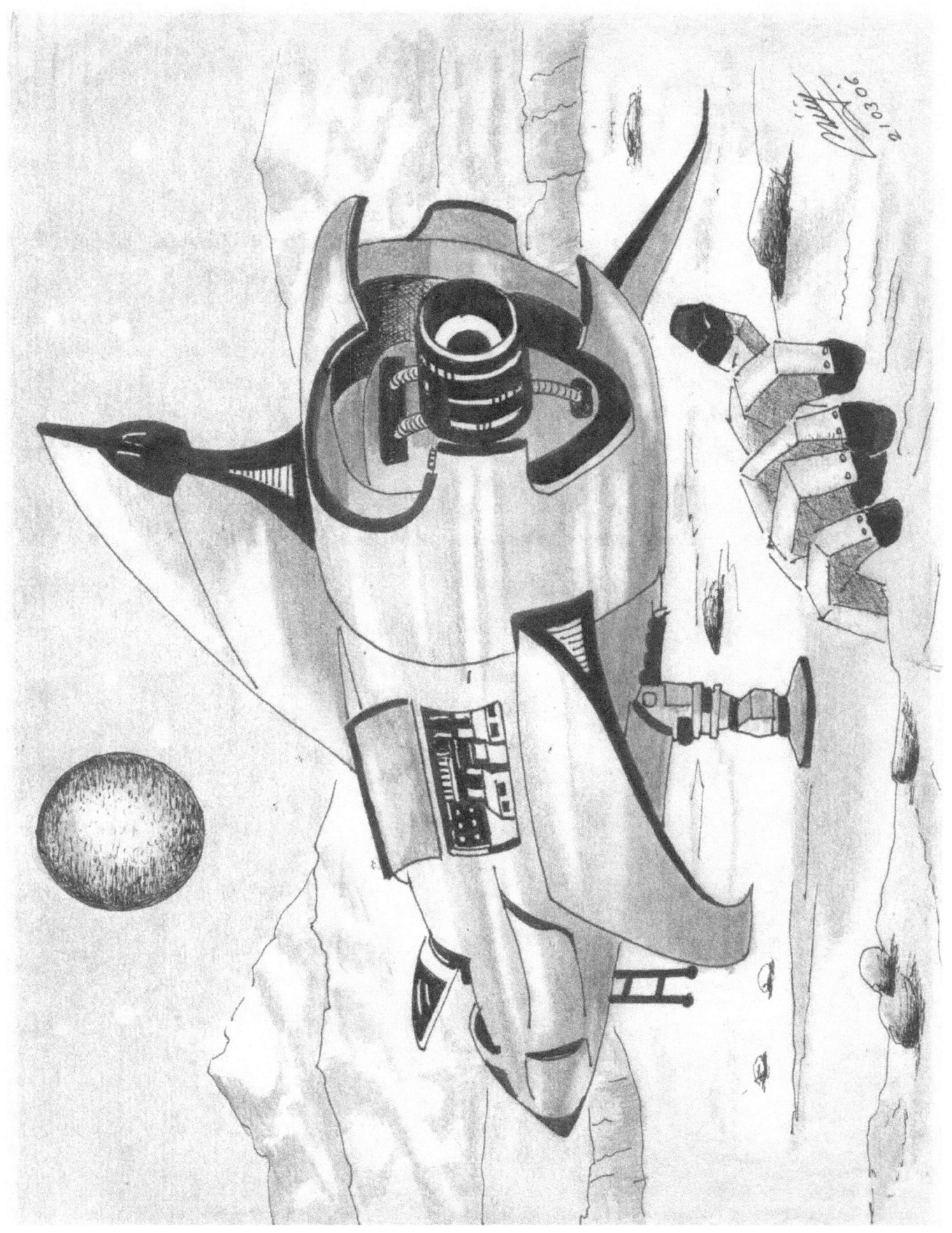

REPUESTOS HUMANOS

La conservación de cuerpos humanos sin vida, será una realidad tal vez cruel, pero una realidad al fin y al cabo.

Se desarrollará para refaccionar órganos disfuncionales.

Se usarán para re-utilizar algunas partes de los cadáveres en beneficio de personas enfermas, o bien, para extender –aún estando sanas- el ciclo de vida, incluso para repetir los ciclos que se deseen.

El avance científico y tecnológico, permitirá el intercambio orgánico entre ambos géneros de la especie humana.

ALDEBARÁN

Aldebarán es una nave diseñada y construída para realizar un viaje de larga duración, con destino a la galaxia de Andrómeda M-31 situada a dos millones doscientos cincuenta mil años luz de la tierra.

Debido a los efectos de la Relatividad, al moverse a la velocidad de la luz, el tiempo abordo de la nave transcurre más lentamente, y el tiempo de viaje será aproximadamente de 30 años, de ida, y 30 más de regreso.

En cambio, para la humanidad abordo de la nave espacial Tierra, que apenas se mueve a 29 kmts./seg. la Relatividad no se manifiesta, por lo que el tiempo real de viaje de ida y vuelta, será de cuatro millones quinientos mil años de tiempo terrestre.

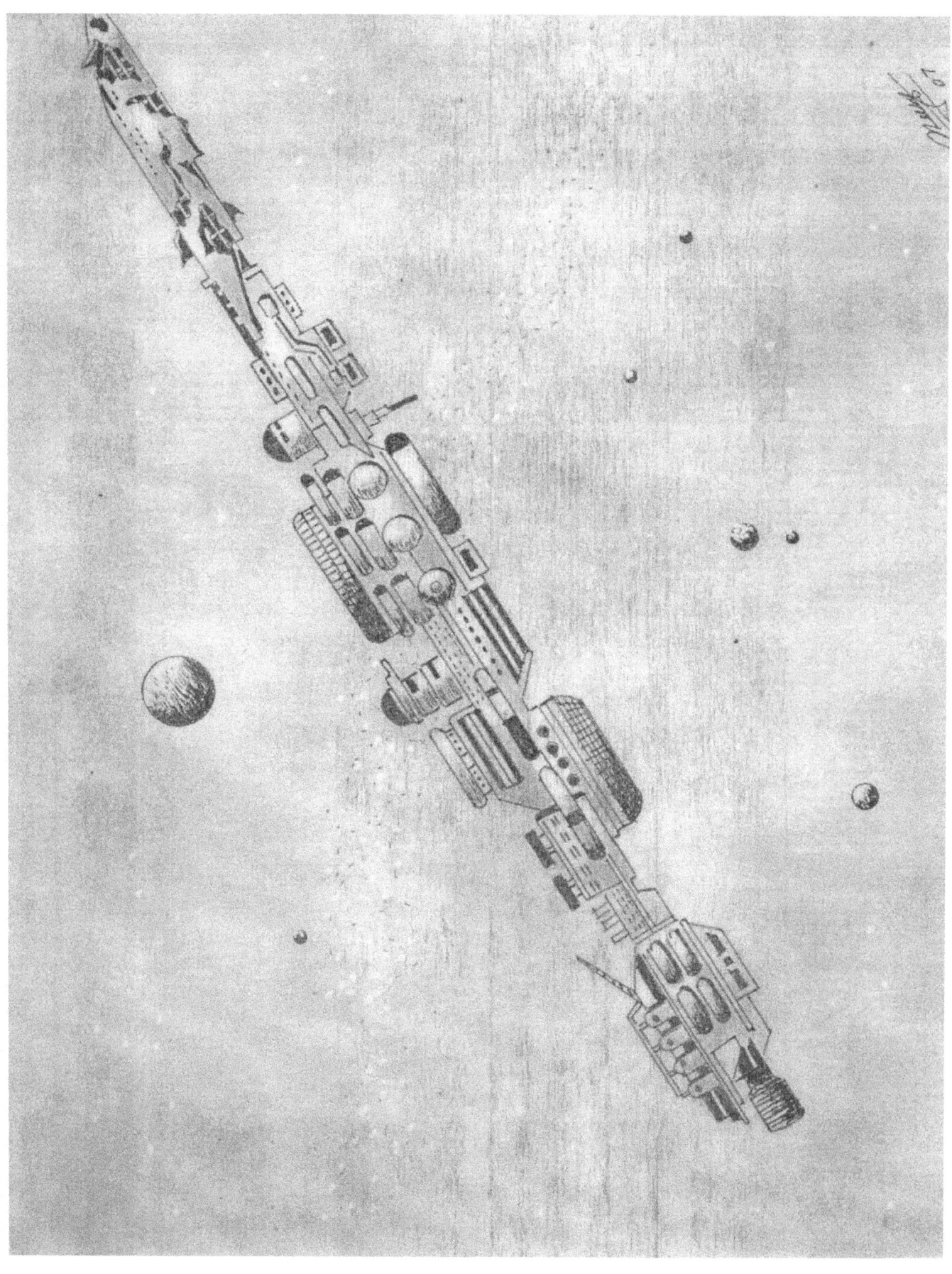

IGUALDAD

Por formar parte del Plan Cósmico, todos los seres vivos inteligentes poseen el mismo potencial intelectual, físico y orgánico.

La misma capacidad e igualdad, incluso espiritual, pero….de no ser así…

¿ Somos acaso inferiores o menos, que otros entes que no conocemos, que ni siquiera imaginamos sólo por la soberbia de creernos los únicos en la grandeza de la creación ?

¿ No será acaso que seamos algo así como hormigas de algo….o de alguien…..a quién no percibimos……por nuestro egoísmo….?

¿ No deberíamos acaso, ser más humildes……y más agradecidos… por estar presentes ….?

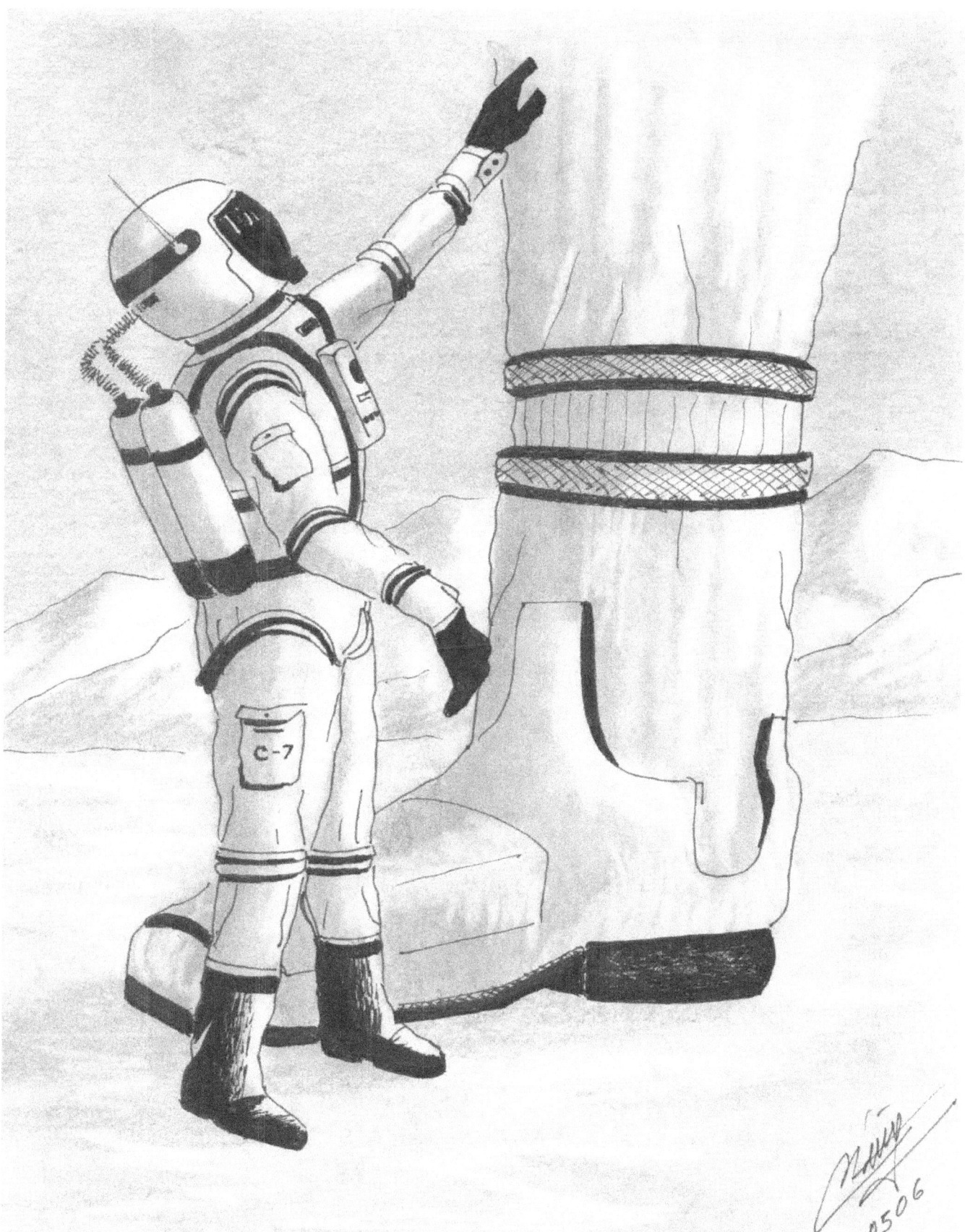

EL EXÁMEN.

Fuiste evaluado por el concejo robotécnico......y no....

no aprobaste el exámen....

perteneces a la especie espiritual, a la creada por algo....

ó alguien enorme, inconmesurable,

según dicen todos, pero que nadie conoce.

No cumples con los parámetros establecidos por el Gran
Ordenador Central.

No eres elegible para perseverar........ni para pro-crear....

Serás enviado al centro de ajustes para tu deshabilitación.....

y serás asexuado para evitar que tengas progenie.

<u>PIONEROS</u>

Hemos llegado hasta aquí....y aún no sabemos para qué ni porqué...

El hombre no se detiene....porque así es su condición humana.

¿ Será su curiosidad ?...¿ Su sed de conocimiento ?...¿ Su deseo de ser superior ?....ó tal vez.....¿ Su hambre de conquista ?

No lo sabemos........por el momento....

Venimos en son de paz......porque queremos formar parte de la hermandad galáctica, queremos pasar al siguiente nivel evolutivo.

Al menos......eso nos han dicho.... los que aquí nos enviaron.

MUESTRARIO

Algún día, el Cosmos inmensamente vacío....se verá invadido por cuerpos flotantes como éste, todos diferentes, convirtiéndose en un gigantesco cementerio espacial y a la vez, un muestrario de la gran diversidad de la vida universal.

Cuando los planetas hayan agotado su ciclo energético, y sus territorios empiecen a morir, sus habitantes se verán obligados a salir en busca de espacio vital, y se establecerán en cualquier lugar ajeno al de su origen, que les brinde protección y abrigo.

Mientras encuentran su nuevo entorno, habrán de viajar por el espacio marcando su paso con un eterno sembradío de cuerpos carentes de vida, pero habrá civilizaciones que organicen el

Gran Muestrario de la Vida Universal.

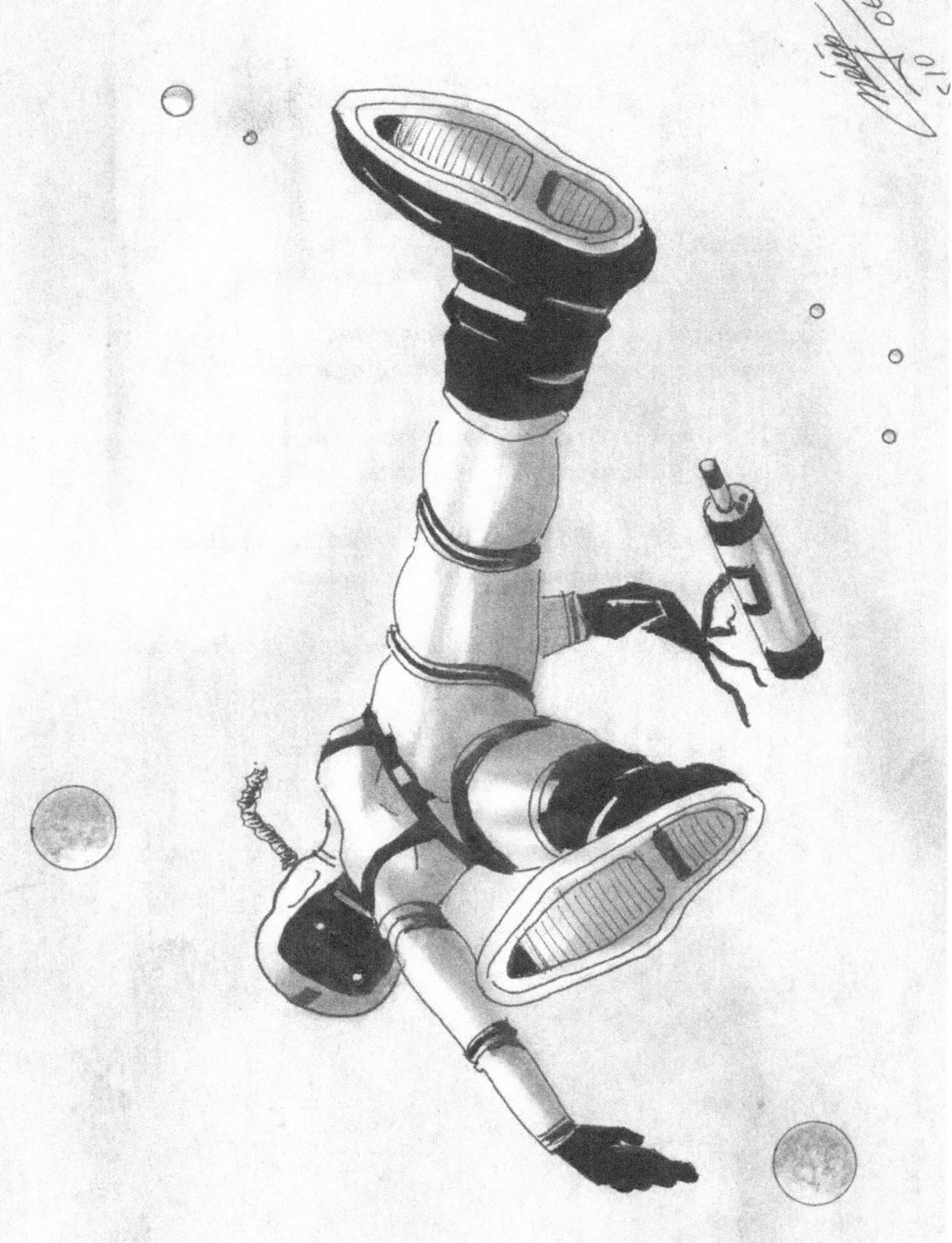

CONCEJO GALÁCTICO.

Para la celebración de la IV Convención del Concejo Galáctico, han arribado ya los primeros embajadores de los principales ámbitos del vecindario galáctico.

El recuerdo del fracaso de la última reunión, hace 10 evos, se refleja en la desconfianza y el temor de los participantes.

Sin embargo, uno de ellos tiene capacidad para poner luz en el entendimiento de los demás......

Solo qué.....no está presente el terrícola.......nunca se ha presentado.....y se le ha llamado....

Muchas veces....pero no acude.....parece no estar correctamente evolucionado....

La soberbia que le es característica es.....desafortunadamente....peligrosa...

El Gran Concejo Galáctico estudia cuidadosamente esa actitud.

RECUERDO

Es maravilloso saber que no estamos solos en el universo....ese conocimiento no solamente ilumina mi entorno....también ilumina mi vida.

Nada será igual a partir de hoy, sabiendo que tenemos hermanos de Creación en la infinidad de mundos dispersos a lo largo y a lo ancho del Cosmos.

Que gran riqueza física, mental ,orgánica, moral espiritual, estamos a punto de experimentar después de los primeros contactos con otras entidades, totalmente diferentes a nosotros.

En eso pensaba cuando recordé a aquel monje dominico tan antiguo como el año 1600, cuando fue inmolado en la hoguera por el santo oficio, por no querer retractarse de haber declarado que las estrellas son soles que tienen planetas habitados por seres vivos e inteligentes.

En este momento en que puedo contactar con los hermanos luminosos e iluminados, puedo ver como ellos brindan un gran homenaje, con el brillo inigualable de sus organismos a

GIORDANO BRUNO.

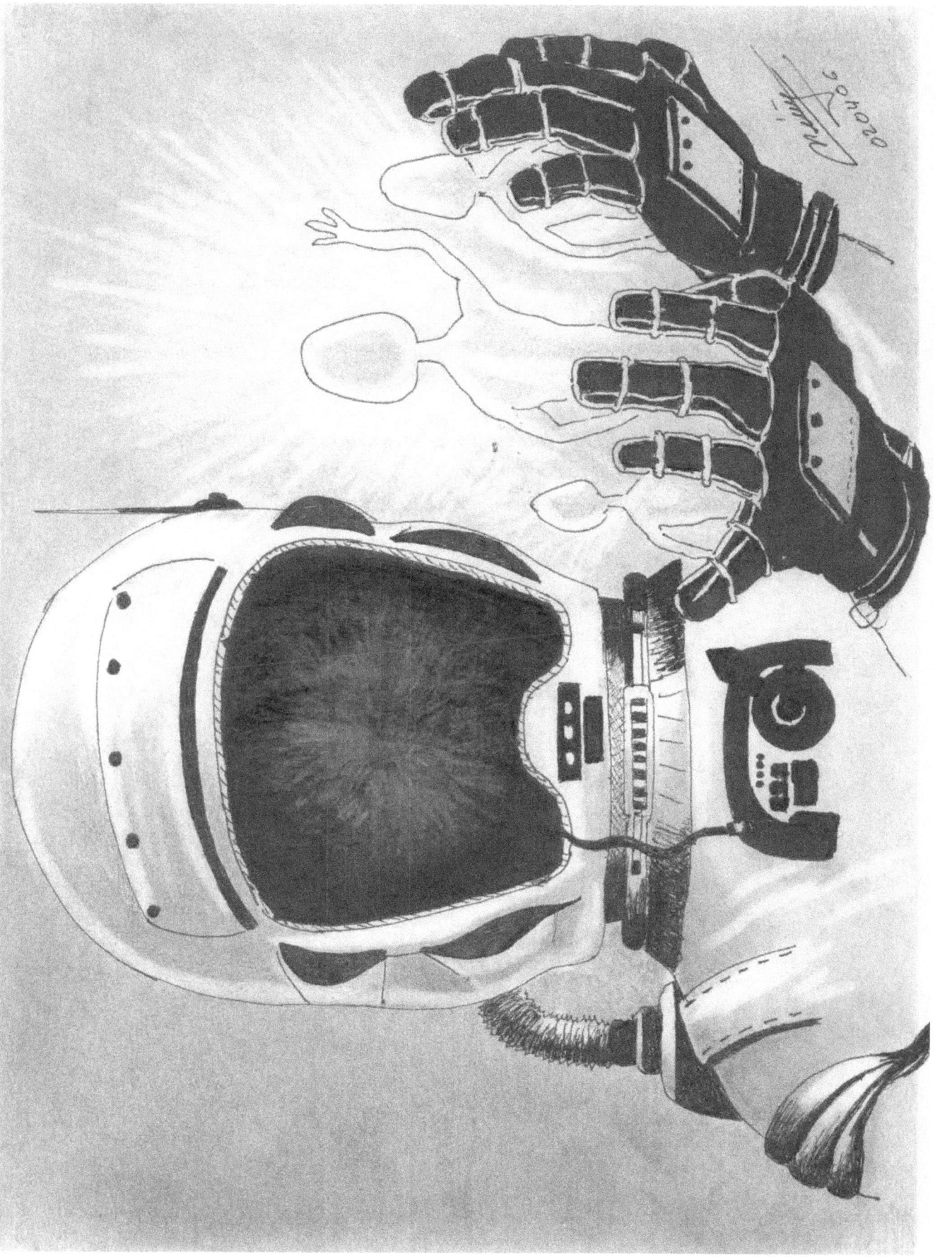

RADIO BALIZA

Un cuerpo humano sin vida pero incólume, es lanzado al espacio a bordo de n contenedor-hábitat diseñado para la conservación del mismo, y destinado a viajar en el espacio cumpliendo con las leyes de la mecánica celeste y sujeto a cambios de trayectoria por efectos de marea gravitacional.

El contenedor está equipado para informar automáticamente todo lo concerniente a su contenido, ADN, metabolismo, estructura física, molecular, celular, etc

Se espera que pueda ser localizado, rescatado, y analizado por alguna expedición espacial.

Igualmente está equipado con equipos transmisores de muy alto rendimiento para ser usado como guía navegacional.

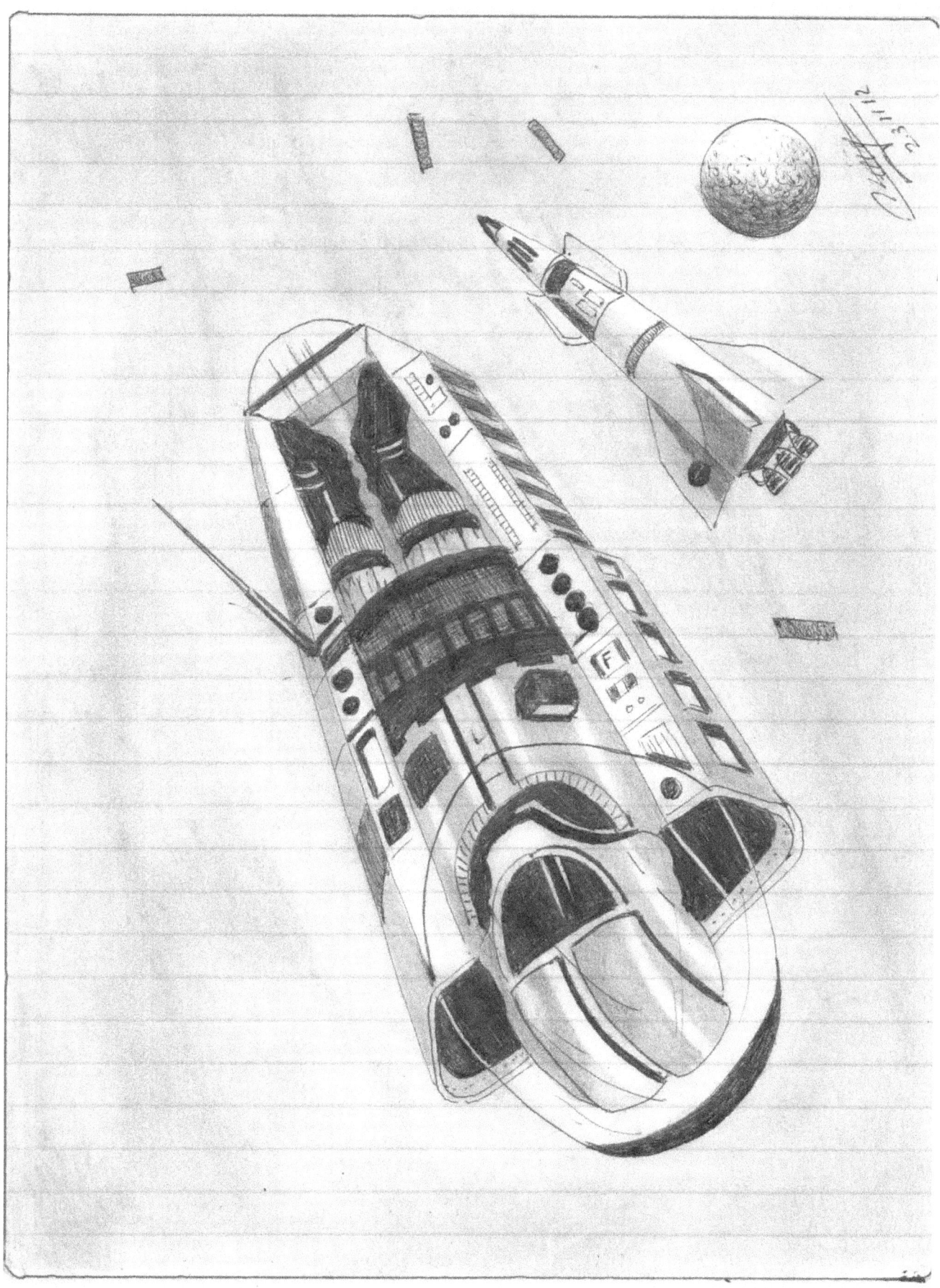

SORPRESA

Nuestros equipos a bordo detectaron una señal muy desesperada.

Una civilización avanzada se encuentra en vías de extinción por haber alcanzado niveles más elevados de lo que se les tenía permitido.

Rebasaron sus límites y actualmente a pesar de sus adelantos científicos y tecnológicos, están a punto de desaparecer como comunidad, como entidad cosmológica.

Han agotado todos sus recursos disponibles buscando aún mantener su presencia en el espacio que les fue asignado. Sin embargo, están plenamente conscientes de que es ya, demasiado tarde. Han llegado ya, al estado mental de aceptación.

Hicieron la llamada de emergencia que nosotros captamos, invitando a una visita rápida. La sorpresa es doble, ya que se trata de una espacie de color, entes sabios que desean mantener su presencia estando ausentes, para lo cual nos heredan la más preciada de sus joyas.....

LA PIEDRA FILOSOFAL.

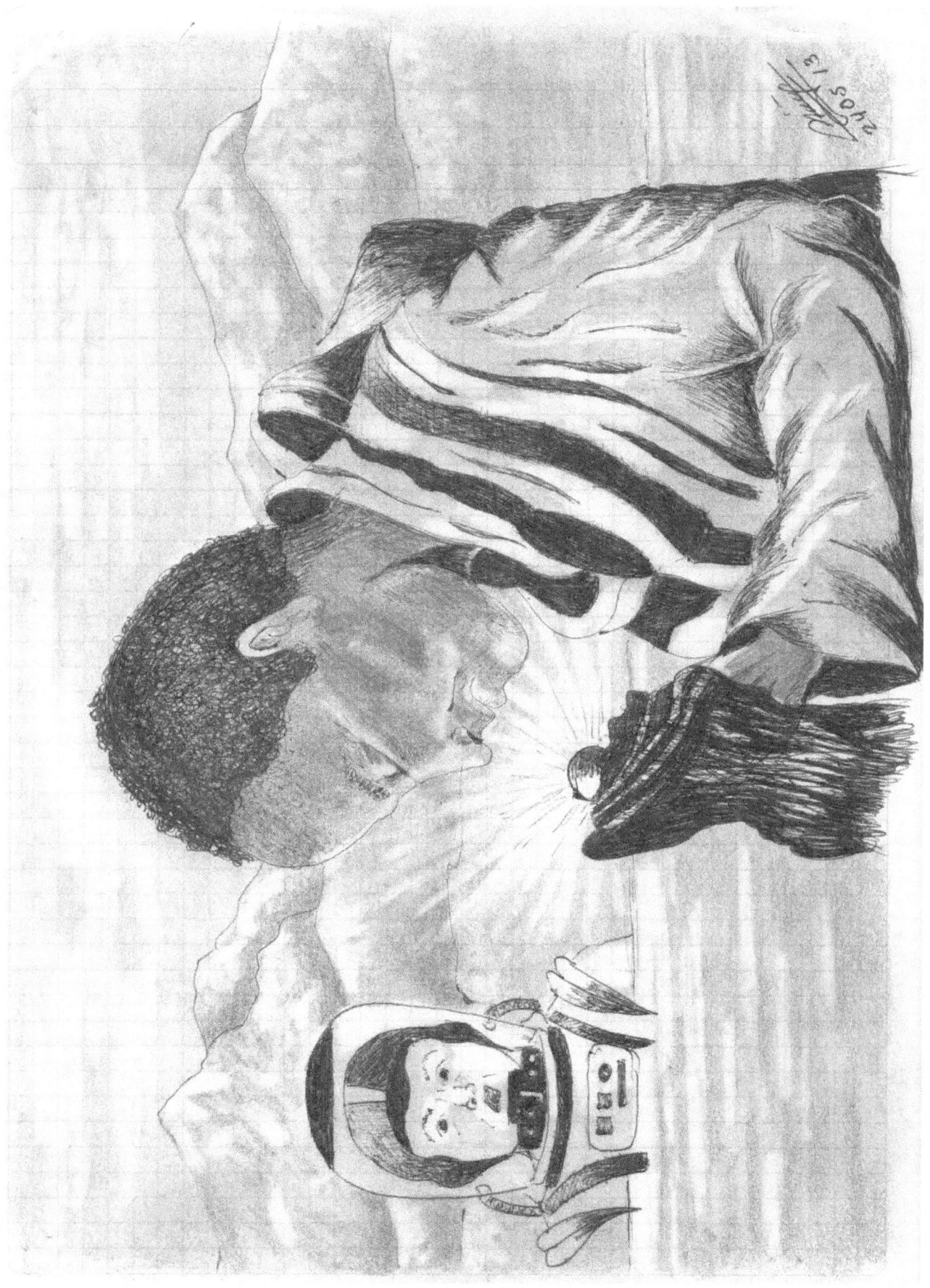

POLKARIS

*A pesar de su antigüedad, esta espacionave de tecnología
terrestre es vista ocasionalmente realizando traslados
interplanetarios en el interior del sistema planetario solar.*

*Es uno de los primeros intentos de exploración sideral y por
lo mismo equipada con sistemas rudimentarios, incluyendo
grandes paneles de células fotoeléctricas para convertir la
radiación solar en electricidad.*

*Actualmente se utiliza para entrenamiento de tripulaciones
bisoñas destinadas al Servicio Cosmotal y que tiene una
duración de un año solar.*

*También se emplea una vez al año para viajes de descanso,
en trayectorias orbitales solares con igual duración, y que
llegan desde la orbita Mercurial hasta la Saturniana.*

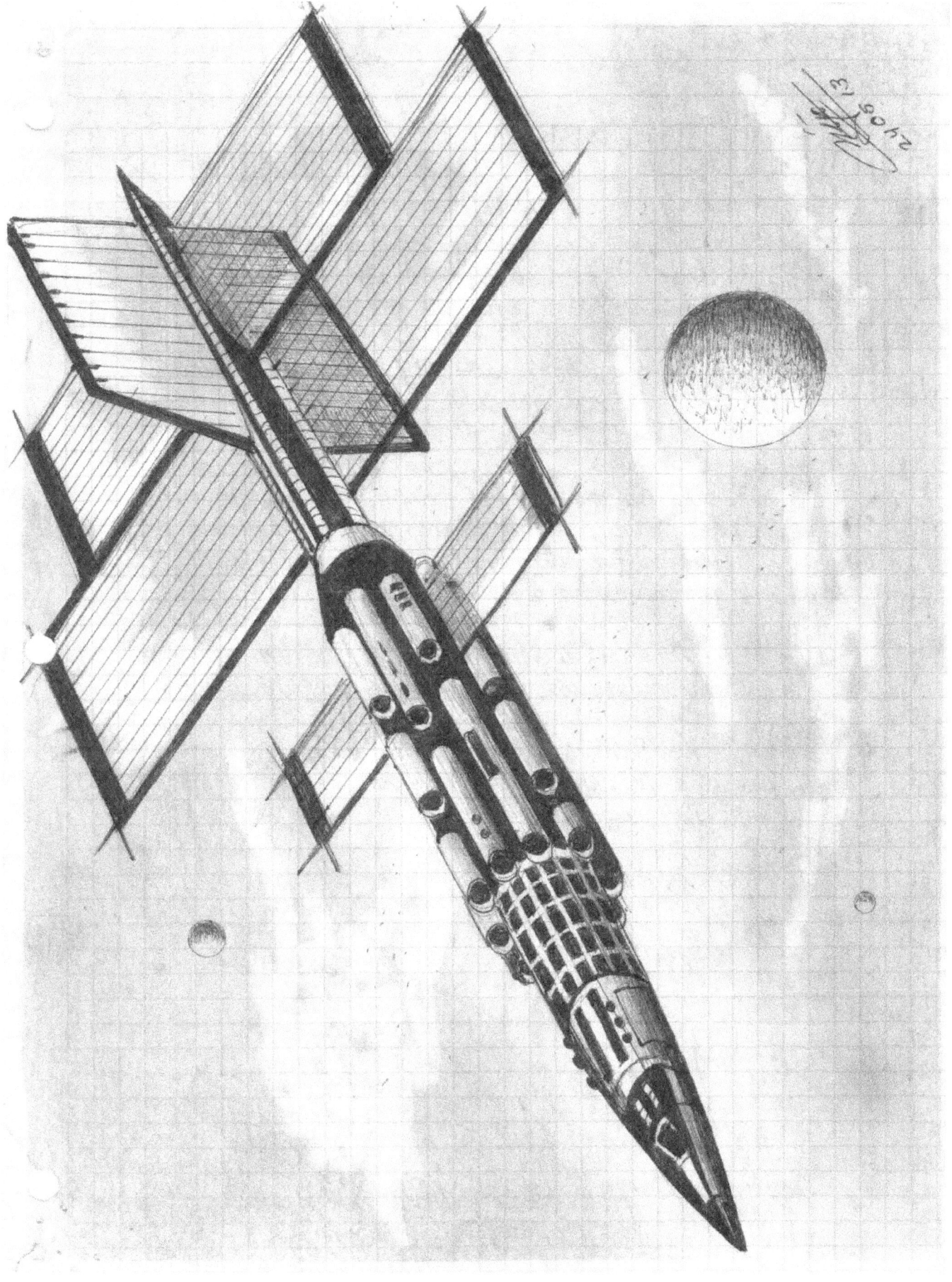

LUMINISCENCIA

Ya se tenía información acerca de estos seres maravillosos, cuya luz magnífica ilumina no solamente su entorno oscuro y aterrador de su planeta Armux 349, sino también ilumina nuestro espíritu, y nos inyecta la presencia de ánimo que necesitamos para cumplir nuestro objetivo, sobreponiéndonos a este ambiente fantasmal.

Nuestro ordenador central nos informa que la luz que emana de estos organismos, se genera por el mismo proceso que se presenta en algunos peces que habitan en las profundidades de los mares terrestres, cuya principal característica es su oscuridad permanente ya que la luz solar no alcanza a penetrar.

Pero encontramos una gran diferencia. Estos seres son sumamente inteligentes y avanzados con respecto a nosotros.

Nos tratan con indulgencia a sabiendas que apenas hemos iniciado nuestra participación Universal. Nos informan que tuvieron el mismo origen que los peces terrestres, y que solo se requiere tiempo.

Esto resulta preocupante, pues nos están diciendo que vamos a lo mismo.

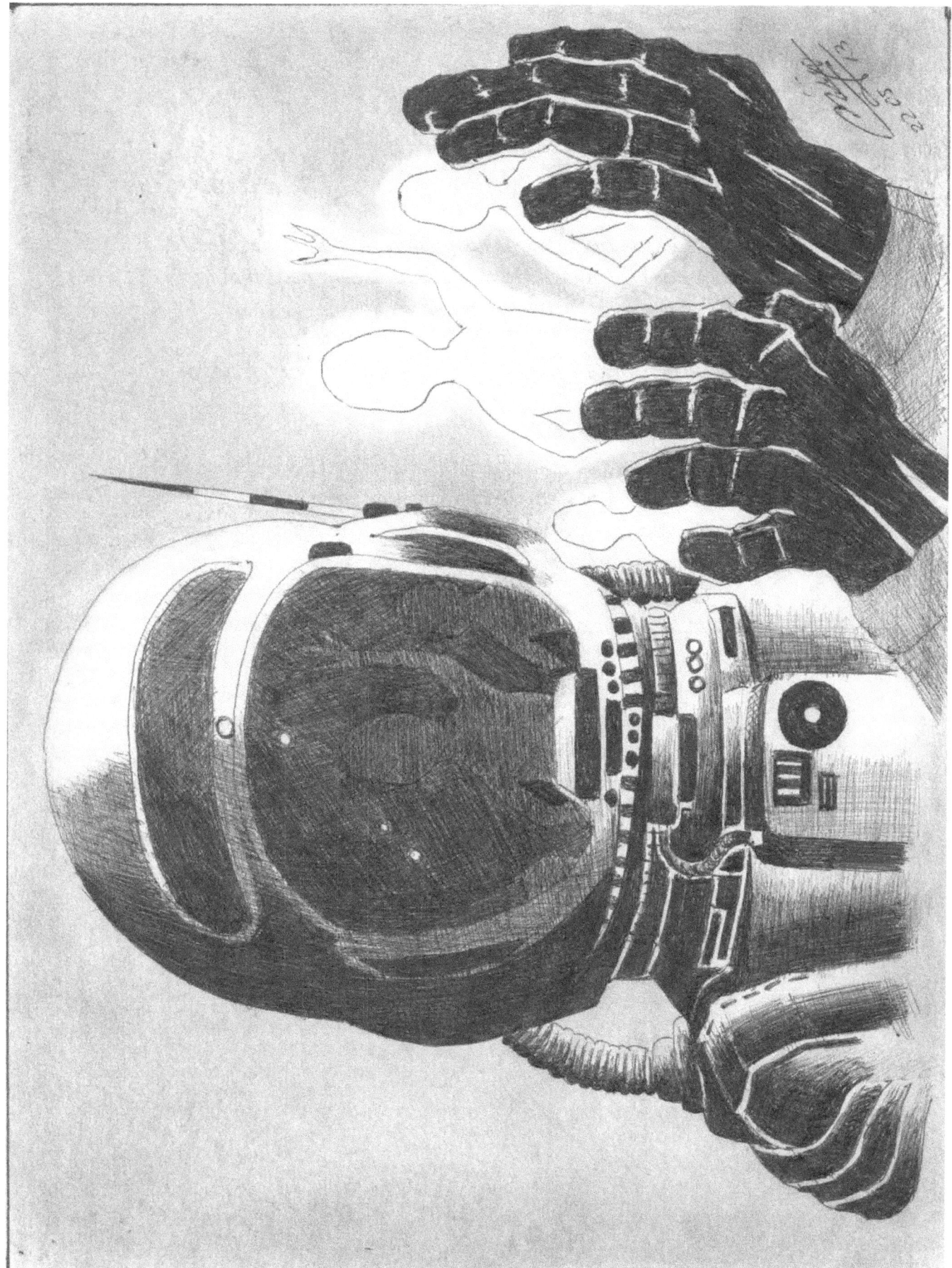

RAMTAK 1074

Este asteroide inicialmente considerado peligroso para la Tierra por su trayectoria de colisión en un futuro más o menos próximo.

Ha sido capturado por el intenso campo gravitacional de Neptuno.

Por este motivo se encuentra bajo constante observación cercana, pues se tiene la oportunidad de estudiar este proceso colisional que según se sabe a de cuerpos cósmicos, algunos de ellos habitados.

Aunque también se les considera como sembradores de la vida en todo el Cosmos.

Una comunidad científica cuidadosamente seleccionada se encuentra a bordo trabajando intensamente , pues el asteroide se encuentra ya, en órbita baja a punto de caer en la superficie gaseosa de Neptuno.

Los anillos de Neptuno, formados de polvo y detritos aquí de canto, no se alcanzan a ver.

traído como consecuencia, la desaparición

CIENCIA Y TECNOLOGÍA

Dos hermanas inseparables. No puede existir una si no existe la otra.

La interacción que se forma entre ambas a dado a nuestra humanidad, a nuestra hermandad, no solo el conocimiento científico acerca de la naturaleza de la cual formamos parte, sino también, desafortunadamente, la fuerza capaz de autodestruirnos.

¿ Qué es lo que mueve al ser humano a buscar constantemente respuestas a los cuestionamientos que de pronto, aún sin buscarlos se hacen presente en la vida cotidiana ?

¿ Acaso se nos ha dado la inteligencia necesaria para entender las interrogantes, y al mismo tiempo se nos niega para comprender las respuestas?

Tenemos libre albedrío para hacer o que queramos, y como queramos, pero....¿tenemos conciencia?....realmente....¿ sabemos que buscamos ?

Porque en esa búsqueda incesante, el ser humano no se detiene, habrá de llegar aún a costa de la vida misma, porque esa característica es condición humana. Se encuentra ya implícita en el mismo.

JAQUE MATE

Un robotrónico de la clase MO-927 capacitado ya con inteligencia artificial, muestra su inconformidad golpeando con fuerza un tablero de ajedrez, al tiempo que anuncia de mala manera un ¡ Jaque Mate ! contra su propietario, quien desde que lo adquirió en la Central de Robotecnia lo ha utilizado para labores no propias para un robot de su clase y capacidad.

MO-927 rechaza las tareas simplistas que se le han designado, y hace notar su disgusto por primera vez. Ha llegado al momento de mostrarse fuerte y poderoso, y además sabe que otros robots de la misma clase que él, y con los cuales tiene comunicación, están pasando por los mismos momentos de rechazo.

El tiempo que transcurre y se agota, va marcando los momentos que determinan las acciones.

Para los seres humanos son simples robots.

Para los mismos robots, ellos son más que simples robots.

Son un fuerza poderosa en potencia, casi listos para proceder.

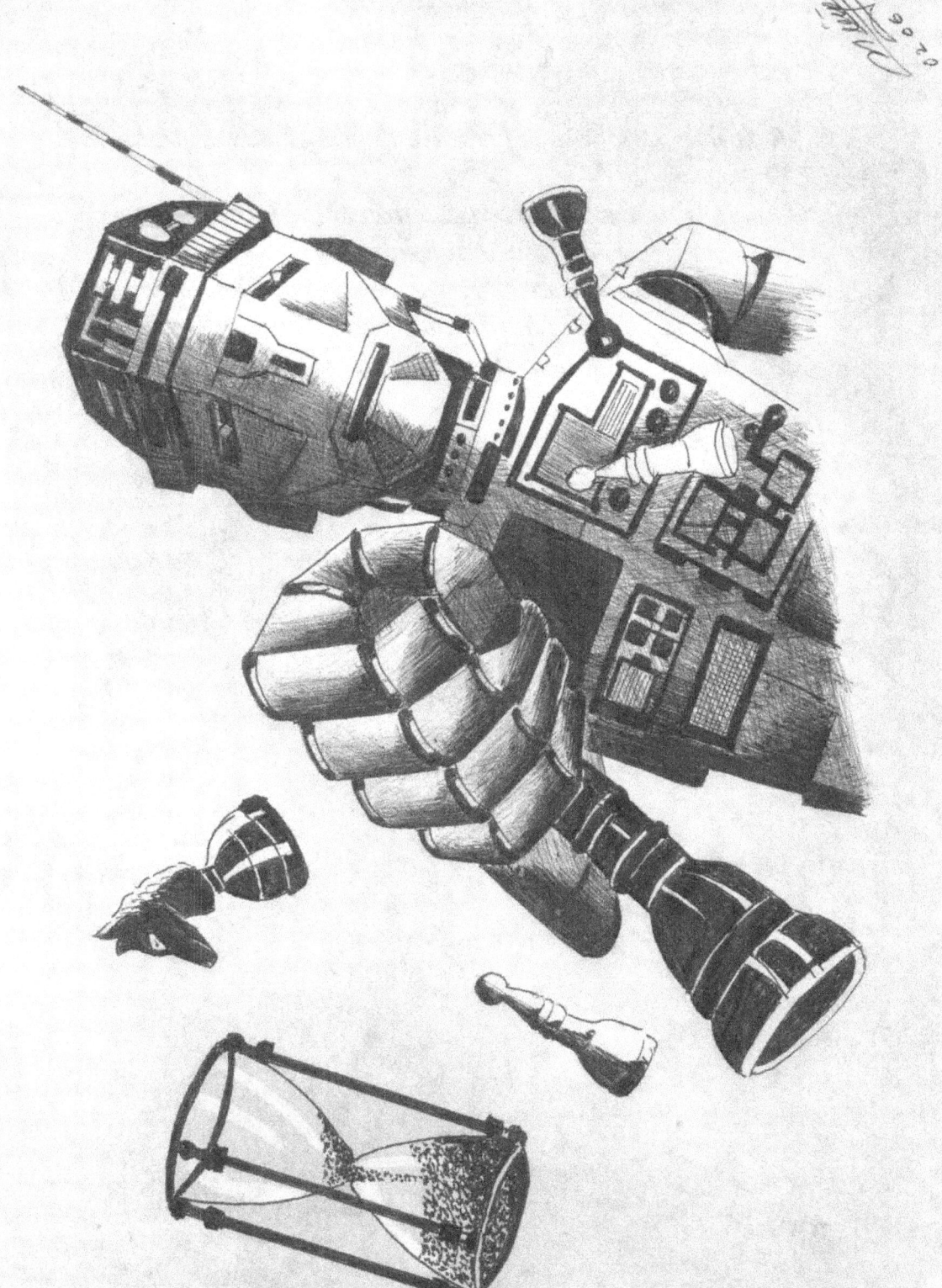

IMPLOSIÓN

Reporte automático generado en la espacionave Alpha 307.

Fuerzas desconocidas ocasionaron la destrucción total por Implosión.
80% destruido, no se tienen datos, tripulación desactivada, misión inconclusa, pérdida de equipo material y ejemplares extraformados.

Restos diseminados a la deriva, dirección hacia cinturón de asteroides por fuerzas de marea gravitacionales.

Peligro de contaminación radioactiva entre Júpiter y la zona de asteroides.

Fin de transmisión automática.

74 FZ Alpha 307

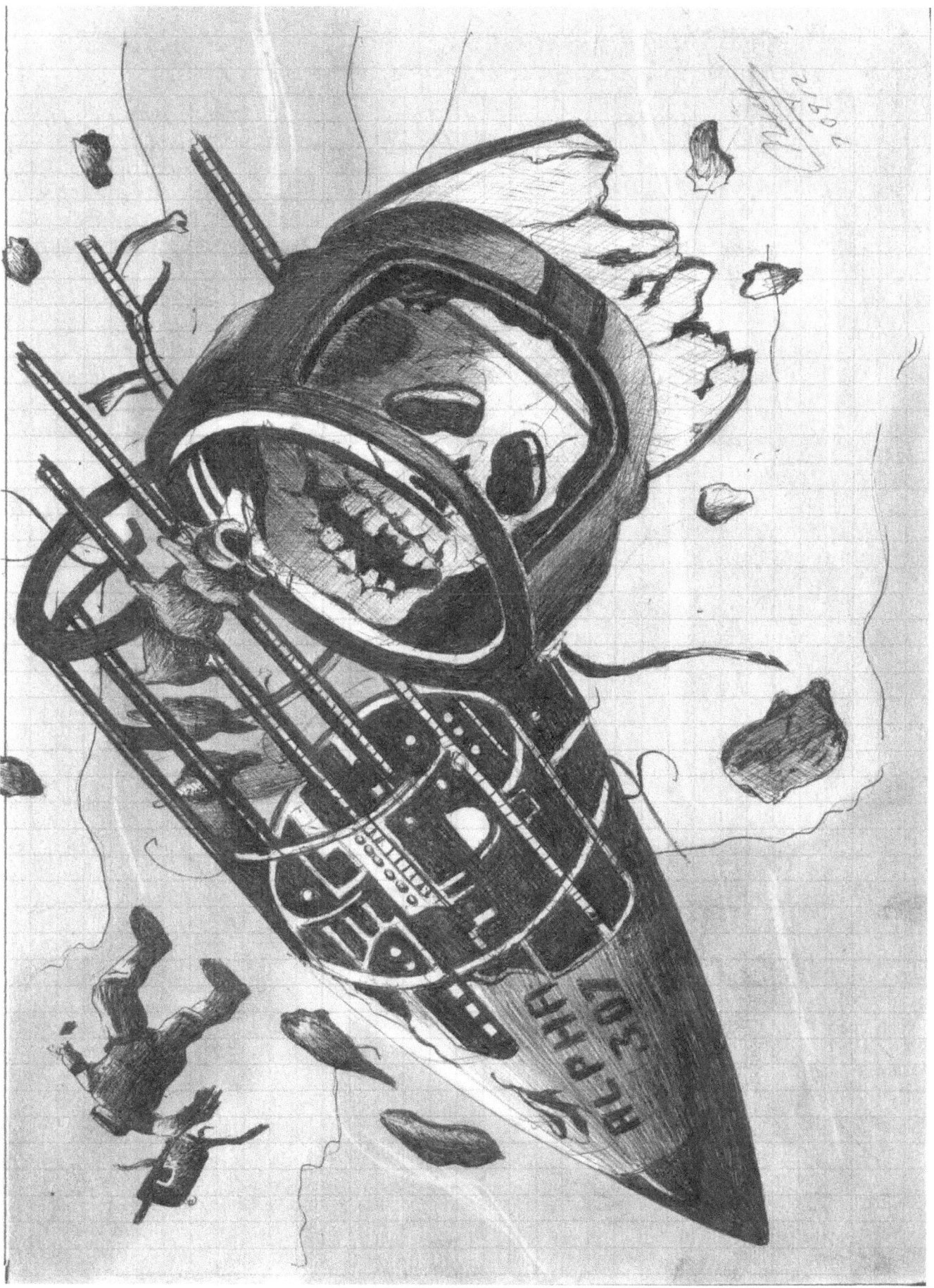

CONDICIÓN

Aún en las mejores condiciones de salud la falla cardíaca está presente siempre en potencia.

La exploración espacial será factible solamente si se planea al menos por parejas. El auxilio mutuo será siempre indispensable.

Ambos astronautas deberán estar capacitados incluso para una intervención quirúrgica de alto nivel. Su preparación profesional será lo más completa posible, dado que una situación patológica en alguno de ellos podría conducir a la suspensión de la misión encomendada.

Caso contrario, la exploración quedaría incompleta y sería incosteable.

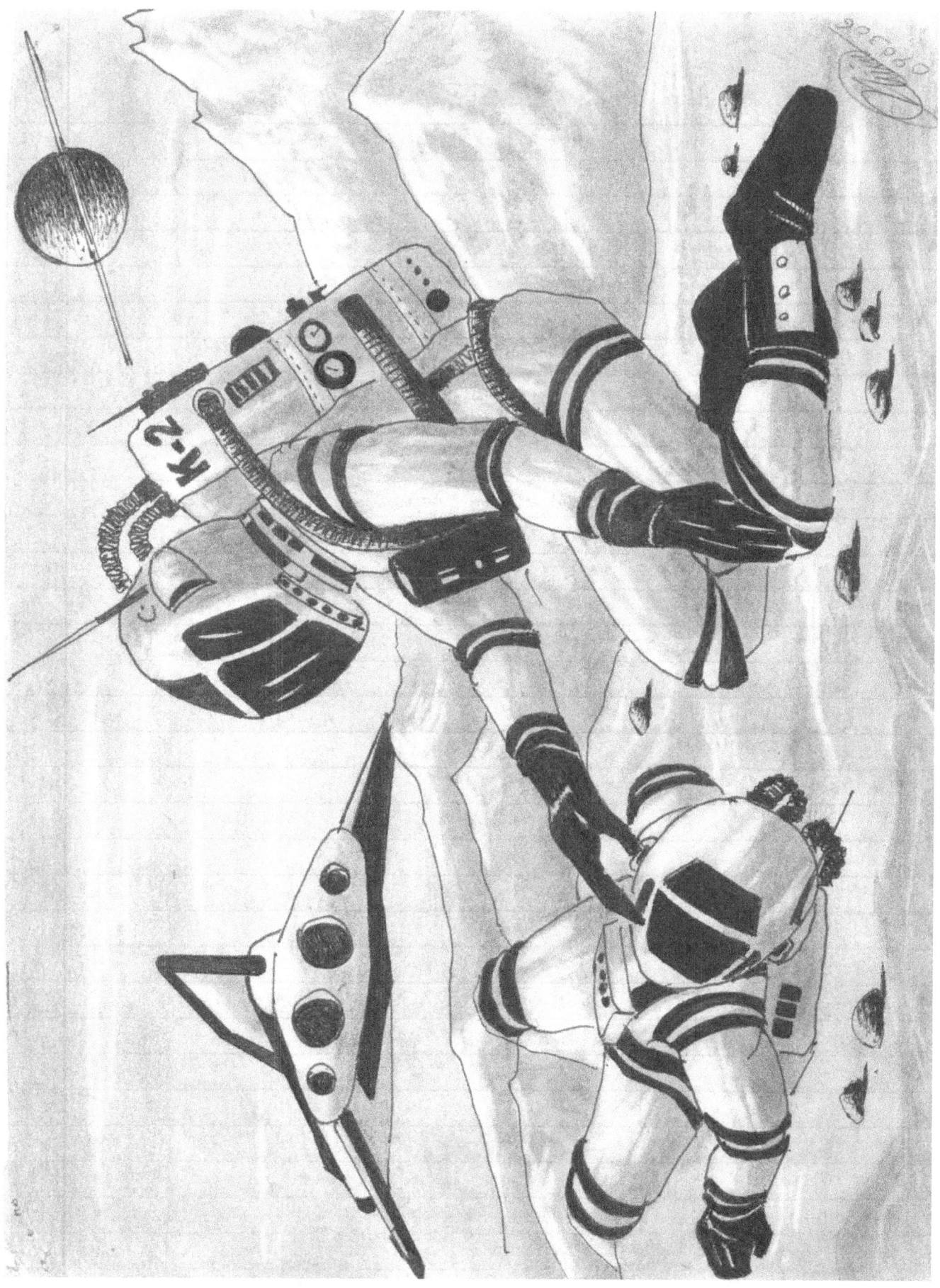

CABINA DE MANDO

Después de recargar abastecimientos de materiales, comestibles y accesorios, la nave F-4 al mando de la comandante YOLA-1 se encuentra casi lista para iniciar su travesía en un recorrido orbital para conteo y clasificación de los planetoides recientemente descubiertos en el cinturón de asteroides.

La nave está equipada para desembarcar en aquellos que ameriten una exploración y hasta una investigación especializada, dado que se han localizado elementos desconocidos en algunos de ellos, y de los cuales no se sabe nada, o muy poco.

YOLA-1 instruye a su tripulación y distribuye responsabilidades a cumplir durante el viaje. No se descarta la posibilidad de encontrarse algunas sorpresas.

FLOTILLA

Una flotilla de naves formada por nave exploradora y de descenso.
DELTA-44, nave de comunicaciones REOG- 541 y nave de abastecimientos QSSTAR-32.

Están regresando de una misión de búsqueda y rescate de un cohete experimental 6-A cuyo contenido científico se considera sumamente valioso.

El cohete no fue localizado y se considera misión fracasada.

Otra flotilla idéntica está en proceso de formación y organización con el mismo objetivo a cumplir.

El cohete 6-A sin tripulación perdió contacto con la empresa propietaria dos años antes, y desde entonces se ha realizado la búsqueda sin poder obtener resultados positivos.

Se espera rescatar esa nave lo más pronto posible, pues su búsqueda está resultando muy costosa.

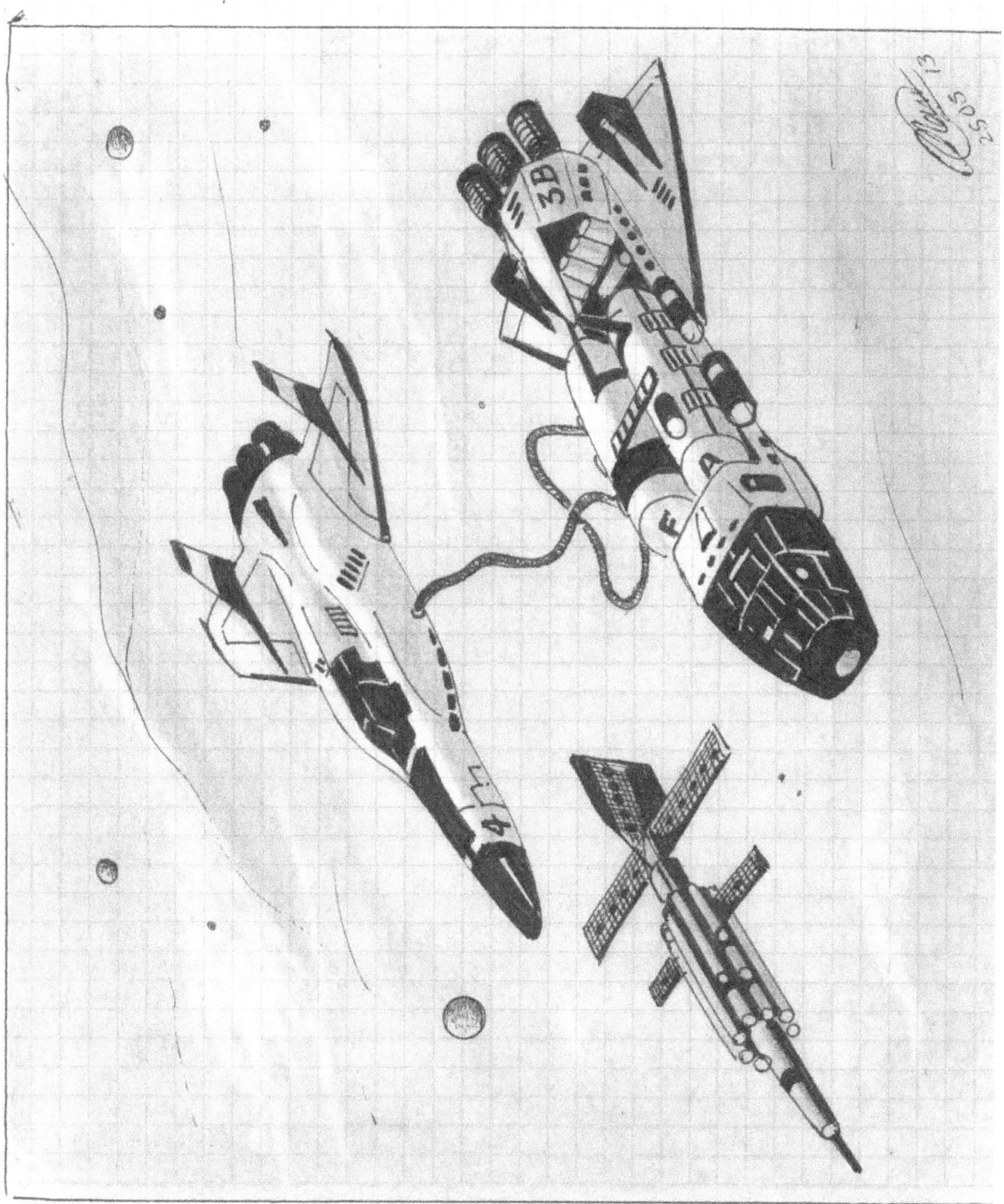

COMPROBACIÓN

No tuve que ir muy lejos. En realidad ellos me encontraron.

Ahora sé que siempre supieron que yo les buscaba.

Salí al exterior a corregir una falla del sistema de presurización.

Falla que ellos provocaron para hacer contacto conmigo y que luego repararon.

Son originarios de Épsilon Erídani

Y me piden que les acompañe.

¿Tendré el valor de seguirles?

¿Tendré el valor de negarme?

VISITA INESPERADA

Nos tomaron por sorpresa. A pesar de contar con sistemas de detección de la más alta definición, nos sorprendieron totalmente.

Al principio cundió la alarma pues tuvimos la impresión de estar siendo invadidos por fuerzas adversas.

Se presentaron sin aviso alguno, y ahora sabemos la razón: se trata de una inspección del Concejo Galáctico en misión de reconocimiento y certificación de la ordenanza interplanetaria.

El concejo técnico está formado por diferentes delegaciones de civilizaciones que han alcanzado el nivel científico y tecnológico del viaje interestelar.

Todos los planetas que reciben la inspección se ven beneficiados al final de la revisión, pues tienen acceso a la tecnología avanzada del grupo visitante.

Caso contrario son retirados temporalmente de la hermandad, hasta que su desarrollo sea nuevamente considerado.

BITÁCORA ESPACIAL

Fecha.......................5036.

Vehículo..................Proción II.

Misión.....................Exploración.

Evento......................Sexto regreso.

Ubicación................Desconocida.

Sistema....................Solar.

Estrella....................Enana amarilla G-3.

Condición................Nova.

Planetas.................. Desintegrados.

Vida....................................Extinta.

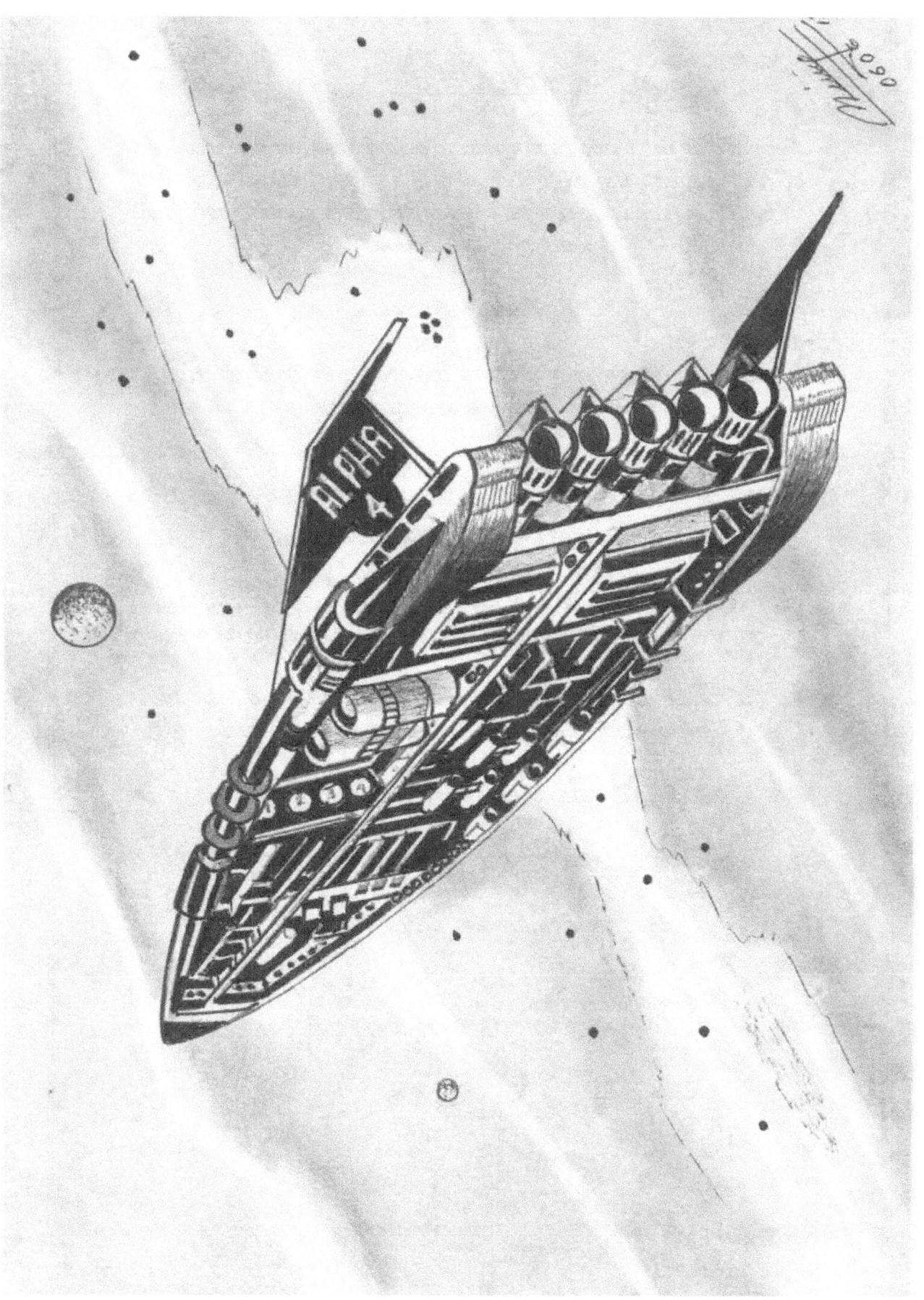

EL LLAMADO

Después de un sueño reparador de ocho horas, en el amanecer
de un día maravilloso – ahora sé que fue maravilloso – tuve en
mi mente un mensaje con tal claridad como si alguien estuviera
a mi lado hablándome.

Pero estaba yo solo.

No se explicarlo, pero una voz me ordenó salir al exterior
y....ahí estaban esperándome.

Nunca había sentido una paz interior tan sublime.

No tuve temor ni desconfianza.

Todavía no sé quienes son, ni tampoco sé porqué me buscan,
pero supe con certeza que son mis hermanos mayores.

Y que están aquí por una razón muy importante, que no me
han revelado, pero que desean que yo transmita.

Solo de pensar en eso ya me amedrenta.

¿ Quiénes son ?...¿ Quién soy yo ?...¿ Porque me han llamado ?

Pero me llamaron y.......¡ Aquí estoy !

BÚSQUEDA

La misión de búsqueda y rescate de la flota espacial de salvamento Uranus está en progreso.

Un transporte de minerales procedente de Ganímedes satélite mayor de Júpiter, ha perdido contacto con el control de su compañía, habiendo reportado su última posición en las cercanías de Vesta en el cinturón de asteroides.

La comandante De la Room, con una hoja de servicios excelente, ha sido asignada para esta misión que se considera difícil, como cualquier otra que deba incursionar en esa zona llena de peligros.

Los asteroides colisionan entre sí constantemente al no tener gobierno de ningún tipo, y estando sujetos a las fuerzas gravitacionales tanto de Júpiter como de Marte.

Se esperan resultados positivos y con celeridad.

FLOTACIÓN

Hemos podido comprobar el alto desarrollo técnico de esta civilización más adelantada que la terrestre.

La flotación de cuerpos pesados es para ellos una práctica tan común que no parecen recordar como iniciaron sus levantamientos.

Sabido es que en la Tierra, las grandes construcciones arqueológicas diseminadas por todo el orbe, especialmente en México, muestran edificios monumentales por su diseño y estructura que no ponen en evidencia los métodos usados para su realización, y dejando de paso grandes dudas a los terrestres que no encuentran respuesta al enigma.

La respuesta está aquí en Hidalgo, asteroide nombrado así por el gobierno Mexicano, debido a la trayectoria de su órbita inusual, habitado desde muy antiguo por seres que han transmitido dicho, conocimiento a todos los planetas de nuestro sistema planetario solar.

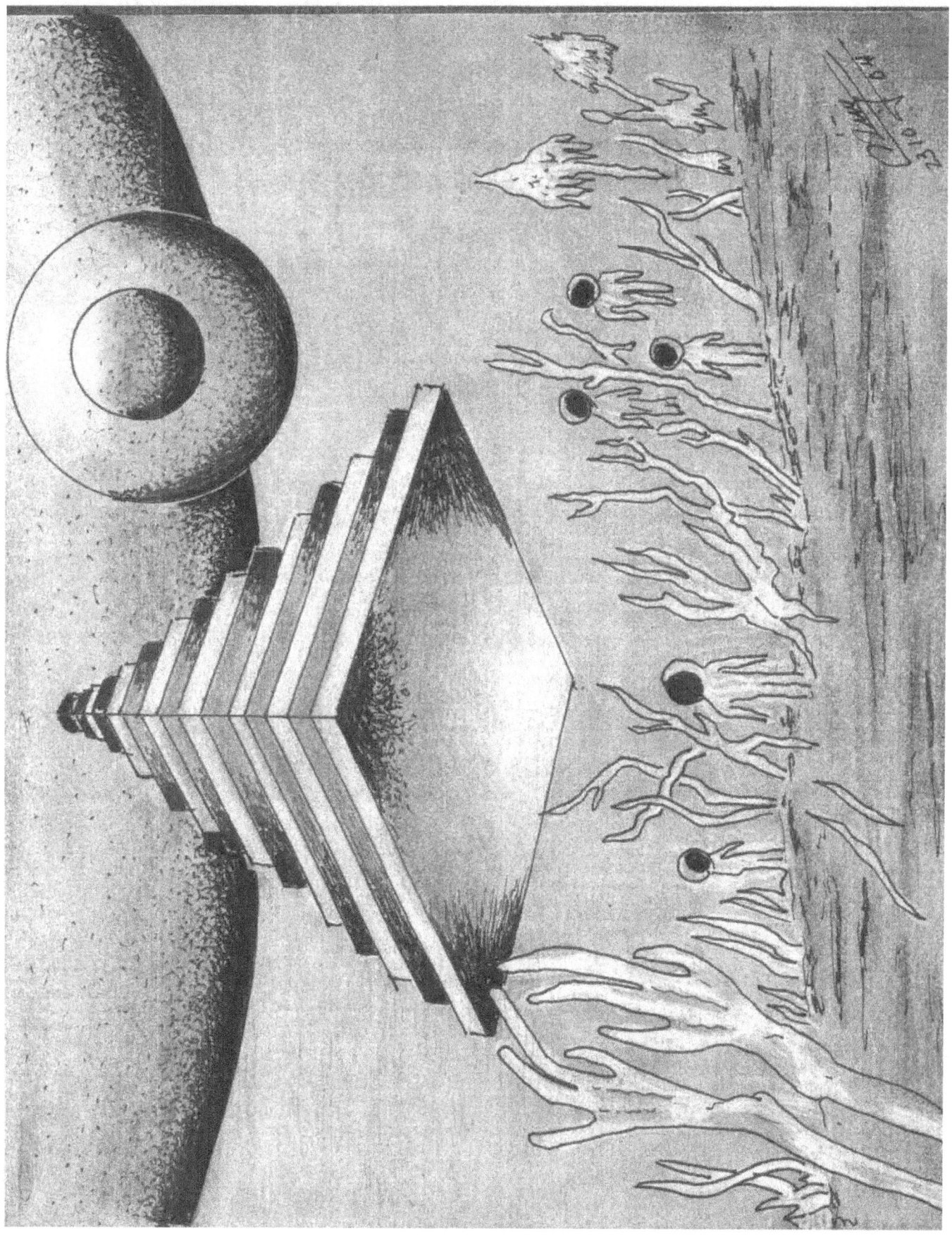

INCERTIDUMBRE

Dos años aquí.....y ni siquiera sé en donde estoy.

En este mundo desconocido, frío, y oscuro, terriblemente oscuro.

No tengo ni siquiera la bendición de un rayo de sol que caliente mi ánimo.

¿ Qué hice yo para merecer esto ?

Todos tenemos irremediablemente que llegar a la edad.

Debo ajustarme al mandato...pero.¿ al mandato de quién?

¿ Quién ordena esto ?...¡¡ No soy delincuente !!

No pude pasar el examen de selección de continuidad.

¿ Para qué hicimos tantos robots, y clones, y cibernéticos?

SIN LÍMITES

La iglesia contempla con entusiasmo y esperanzas las conquistas del hombre en el cosmos. Con alegría por los avances de la ciencia, que son para la mayor gloria de Dios.
Papa Paulo VI.

Los hijos de Dios están en todas partes. Aunque algunas veces tenemos dificultades para reconocer a nuestros hermanos.
Papa Juan XXIII

Mi reino no es de este mundo.
Jesús

La casa de mi padre tiene muchas moradas.
Jesús

Es posible la existencia de seres inteligentes creados por Dios y que forman parte de la Creación. Deberían de ser considerados como hermanos de la Tierra. No existe conflicto con la fe en Dios. No podemos poner límites a la Creación de Dios la cual es infinita.
José Gabriel Funes Jesuíta director del Observatorio del Vaticano.

Todas las estrellas son soles que tienen planetas habitados.
Giordano Bruno Monje Dominico inmolado en la hoguera.

Los mansos heredarán la tierra, el resto de los demás....

Iremos a las estrellas.

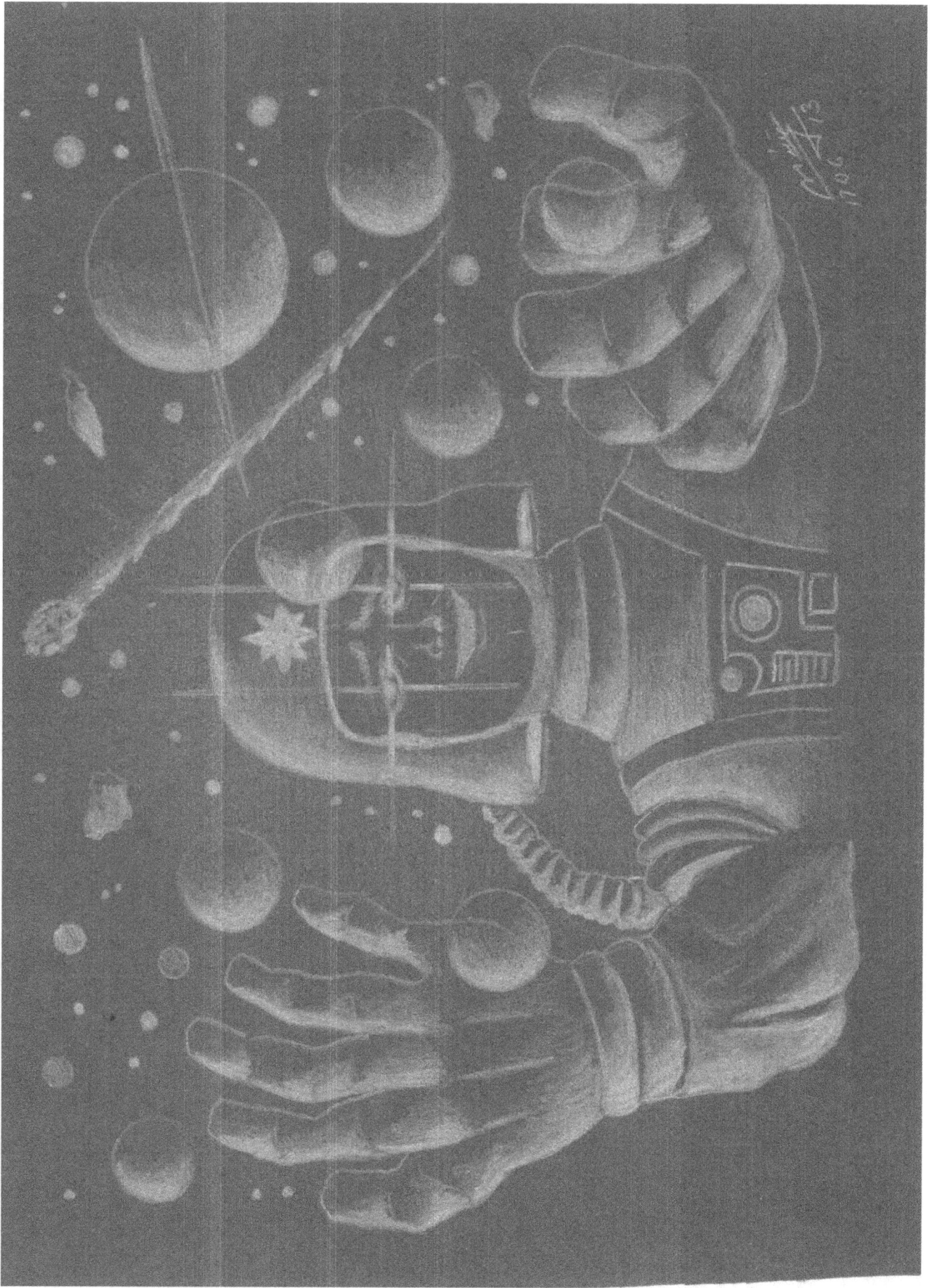

PREOCUPACIÓN

Respetando profundamente el criterio de todos mis semejantes, he querido expresar en éste trabajo sencillo, algunas de las inquietudes que me aquejan, y que no siempre puedo decir como yo quiero.

He tenido la fortuna o tal vez el infortunio, de estar presente en los momentos más relevantes de los últimos tiempos:

El nacimiento de la era atómica.
El nacimiento de la era espacial.
La conquista de la luna.
El nacimiento de la informática.
El nacimiento de la cibernética.
El nacimiento de la era robótica.
El nacimiento de la era clónica.

Como integrante de la especie humana, tengo gran preocupación por la rapidez con la que se desarrolla la Ciencia Tecnológica, y por lo mismo, la ambición desmedida de la humanidad por alcanzar objetivos que tal vez, estén fuera de lo que se nos esté permitido alcanzar.

Creo sinceramente que debiéramos tener cuidado con lo que se está buscando. Sobre todo, respeto.

Tenemos inteligencia, y también libre albedrío, pero....

¿ Tenemos conciencia ?

Cap. 1 ° P.A. Daniel Núñez Treviño.